가즈나이트 R
Gods Knight R

이경영 판타지 장편 소설
FANTASY FRONTIER SPIRIT

가즈 나이트 R 22

이경영 판타지 장편 소설

초판 1쇄 찍은 날 § 2014년 5월 22일
초판 1쇄 펴낸 날 § 2014년 5월 29일

지은이 § 이경영
펴낸이 § 서경석

편집부장 § 권태완
편집책임 § 이효남

펴낸곳 § 도서출판 청어람
등록번호 § 제1081-1-89호
등록일자 § 1999. 5. 31
어람번호 § 제1-1857호

주소 § 경기도 부천시 원미구 부일로 483번길 40 서경B/D 3F (우) 14640
전화 § 032-656-4452 팩스 § 032-656-4453
http://www.chungeoram.com
E-mail § chungeorambook@daum.net

ISBN 979-11-316-9045-1 04810
ISBN 978-89-251-2296-0 (세트)

이경영 판타지 장편 소설
FANTASY FRONTIER SPIRIT

가즈나이트 R

GodsKnight R

22

CONTENTS

CHAPTER 100
지키는 자(上)

낯선 종족인 아네라. 그리고 하얀 우주의 의지.

두 존재들에 의해 어린 동포들을 잃고 분노한 프라이오스가 우주 전체를 망가뜨린 이후 시간이 흘렀다.

말발굽에 뭉개진 포도송이처럼 처참히 망가졌던 우주는 '주인'의 힘에 의해 말끔히 재생되었다. 길바닥에 아무렇게나 뿌려진 물처럼 그 의미를 상실한 우주의 흐름은 본래의 빛깔과 움직임을 되찾았고 프라이오스의 힘에 밀려 무한히 가속되던 빛들도 안정화되었다.

그러나 되살아난 것은 무생물적인 것들뿐, 경작지 밖에

서 살아가던 생명체들에게는 부활의 기회가 주어지지 않았다.

주인에겐 그들을 되살릴 힘이 있었으나 그리 하지 않았다. 그것은 수호자로서의 본분을 잊고 우주의 '악몽'으로 변하여 모든 것을 망가뜨린 자, 프라이오스에게 내리는 벌이었다.

그리고 그날, 주인의 인도에 의해 회의장에 모인 프라임들은 의장석에 앉아 가만히 팔짱을 끼고 있는 프라이오스를 바라보고 있었다.

그들이 품은 감정은 통쾌함이나 경멸, 비난과는 거리가 멀었다.

프라이오스가 아무리 완강한 성격이라 해도 프라임들에게 있어서 최악의 금지사항이라 할 수 있는 악몽이 되어 우주를 파괴할 만한 인물은 아니었다.

그 사실은 프라임들이 친구이자 형제로서 가장 잘 알고 있었다.

프라이오스는 '하얀 우주의 의지'라는 존재에 대해 단한마디도 하지 않았다. 주인 역시 프라임들의 양면성까지 파악하여 역으로 그것을 이용까지 한 그 최악의 상대를 마치 없는 존재인 양 취급하고 거론하지 않았다.

주인의 의도는 프라이오스조차 알지 못했지만 굳이 캐내

려 하지 않았다. 가장 가까운 답을 스스로 알아내야 하는 것이 바로 자신의 운명이라 느꼈기 때문이다.

결국 프라이오스의 행동은 아네라에 대한 극단적인 복수로 결론이 났다. 프라이오스 자신이 그렇게 말했고 주인도 그것을 인정했다.

하나 그것을 믿는 프라임은 단 한 명도 없었다.

"그다지 걱정이 되어 하는 이야기는 아니네만……."

이야기를 먼저 시작한 자는 프라임, 파이록스였다.

"프라이오스여. 하고 싶은 말이 있다면 솔직히 꺼내는 것이 어떠한가? 우리 모두는 자네가 뭔가 숨기고 있음을 확신하고 있네."

"흠."

프라이오스가 팔짱을 풀고는 의자의 팔걸이에 조용히 팔을 얹었다.

"난 그냥 미친 짓을 한 것뿐일세. 분노, 긴장, 짜증이라는 감정을 가만히 억누르고 있는 것은 정신건강에 도움이 안 되는군. 나도 자네들처럼 취미라는 것을 가져볼까?"

프라이오스가 그렇게 말을 돌려 버리자 모든 프라임들이 한숨을 쉬었다.

"그렇다면 당분을 섭취해 보게."

회의장 구석에 방치되어 있는 아네라 종족의 족장들을

가만히 구경하던 사이악스가 프라이오스 쪽으로 돌아앉으며 말을 던졌다.

"당분? 우리에게 영향을 줄 수 있는 물질이 아니지 않나?"

프라이오스는 사이악스가 왜 그러한 제안을 했는지 궁금했다.

"하지만 우리는 단맛이 무엇인지 이해하고 느낄 수 있지."

"사소하군."

"아, 그렇지. 그리고 그 사소한 능력을 우리에게 부여해 주신 분은 주인님일세."

"……."

모든 프라임들의 관심이 사이악스의 말에 이끌렸다.

"나의 생각이네만, 우리는 너무 오랫동안 잘난 척을 한 나머지 초월자의 입장마저 초월해 버린 멍청이들일지도 모른다네. 모든 것을 지킨다면서 모든 것을 무시하곤 하지. 수호자가 아니라 거만한 도살자가 되어버리고 있는 것일세."

사이악스의 말은 진지했다. 그리고 프라임들은 침묵으로 그의 말에 동의했다.

"음, 당분이라."

프라이오스가 중얼거렸다.

"뭔가 적당한 음식이 있는지 알아봐야겠군."

그는 검지로 가면의 턱 아래를 긁었다.

"주인께서 오실 때까지 8분 정도 남았네. 물론 그분께서 시간을 정확히 지키신 적은 한 번도 없으시지만……."

프라이오스의 말에 프라임들 몇 명이 헛기침을 했다.

"그렇다고 이번에도 확실히 어기실 리는 없으니 그동안 몇 가지 이야기를 해보세."

프라이오스의 말에 프라임 중 한 명이 웃음소리를 냈다.

"매번 듣는 이야기네만, 오신다는 표현을 꼭 써야 하나?"

말을 꺼낸 자는 '윈드렉스' 프라임이었다.

윈드렉스는 사이악스와 더불어 가장 많은 의제를 내놓는 프라임이자 프라이오스 대신 회의를 주관할 자격을 주인에게 직접 받은 존재이기도 했다.

"주인께서는 항상 우리 곁에 계시지 않나? 우리의 두건 위에도, 손끝에도, 발밑에도 말일세."

"흠, 다 아는 이야기를 혼자 들이대는 버릇은 여전하군."

프라이오스는 핀잔을 주었고 다른 프라임들은 실소를 터뜨렸다.

"절차일세, 절차. 그렇게 따지자면 우리가 목소리를 사용하여 대화를 나누는 수고를 할 필요도 없지. 이름? 그런 거없이도 우리는 서로를 구별하는데 문제가 없지."

프라이오스의 말 그대로, 각 프라임들은 복장은 물론 체형까지 동일했다. 다만 목소리는 모두 달랐고 무의식적인 몸짓도 각각이었다. 성격과 말투의 차이도 확연했다.

"그런데 왜 우리의 호칭은 프라임으로 고정되어 있을까? 조직의 이름은 꾸준히 바뀌고 있지 않나? 이번에는 파머스(Farmers:농부들)고, 지난번에는……."

"조만간 바꿔주신다는 말씀은 있으셨네."

"하지만 프라이오스여, 호칭이 오랜 시간 고정되면서 발생하는 문제가 제법 많다네."

"문제?"

"프라임이라는 호칭 뒤에 이름을 붙이는 경우와 호칭 앞에 이름을 붙이는 경우가 제각각일세."

예를 들어 '프라임 프라이오스', 혹은 '프라이오스 프라임'으로 각각 호칭되는 경우를 이야기하는 것이었다.

프라이오스는 문제를 거론한 형제를 보며 한숨을 쉬었다.

"너그러움을 가지게, 형제여. 거론하는 것이 겁날 정도로 사소한 문제가 아닌가?"

프라이오스는 더불어 그러한 일들이 발생할 때마다 왜 자신에게 따지냐며 묻고 싶었으나 그는 그 말을 상당히 오랜 기간 동안 형제들 앞에서 삼가하고 있었다.

그리고 앞으로도 할 생각이 없었다.

"아니, 그래도……."

"자네 부하들 일이니 자네가 정하란 말일세. 앞에 프라임이든 뒤에 프라임이든 자네 마음대로 하라고."

"음… 그럼 앞쪽이 나으려나?"

상대가 끝까지 물고 늘어지자 프라이오스가 결국 손으로 자신의 가면을 눌러 덮었다.

"우리끼리 기본적인 문제에 대해 이야기를 나누는 것도 참으로 오랜만이군."

"오랜만이라서 재밌지 않나?"

"그만큼 따분했지. 지금까지 우리의 행동에 제약을 거는 존재는 주인님뿐이었으니까."

프라임들이 두런두런 이야기를 나눴다. 물론 프라이오스의 손은 가면에서 떨어지지 않았다.

"5분 남았네."

프라이오스가 화를 가라앉히고 모두에게 알렸다.

"시간이 얼마 없으니 아네라에 대해서 간단히 이야기를 해보세. 내가 데려온 표본들은 잘 살펴봤겠지?"

표본으로서 프라임들의 회의장에 끌려온 아네라의 족장들은 마치 죽은 듯 꼼짝도 못하고 있었다.

아네라들이 보고 있는 프라임들은 상식을 아득히 초월하고 있었다.

힘의 강약과 규모, 범위는 사소한 문제였다.

프라임들의 복장이나 가면 등은 과학적인 연대 계측을 시도했을 때 무려 '마이너스'라는, 도저히 있을 수 없는 결과를 내뿜고 있었다. 또한 인과율, 즉 존재의 원인과 결과마저도 확인이 불가능했다.

'존재해서는 안 되는데 존재하고 있는 자들'이라는 비과학적인 결론만이 아네라 족장들의 머리를 고문도구의 끄트머리처럼 괴롭히고 있었다.

"이상한 진화를 이룩한 종족이로군."

프라임 중 한 명이 말을 먼저 꺼냈다.

"주인께서 사랑하시는 우연의 산물이 아니야. 기술력으로 신을 능가할 수 있어. 게다가 우리의 어린 동포들까지 건드렸지. 프라이오스의 의지대로 저들을 박멸해야 옳다고 보네."

적대적인 의견이 나오자 사이악스가 탁자 위에 놓은 손을 들어 손바닥을 보였다.

"진정하게. 저들은 사냥꾼들과 비슷한 이동방법을 사용할 수 있다네. 회의가 열릴 때마다 주인님의 힘을 빌려야 하는 우리들에겐 큰 가치가 있을 것이네."

"사냥꾼들의 이동방법?"

프라임들이 술렁거렸다.

"우주의 확장과 그에 따른 좌표의 변화를 저들이 인지하고 있단 말인가? 우리도 모르는데?"

"본인들에게 물어보면 더 좋을 것 같군."

사이악스가 아네라의 족장들에게 손짓을 했다.

"지식이 부족한 우리에게 그대들이 진심 어린 도움을 주었으면 하는데, 어떤가?"

사이악스의 요청에 족장들은 공포감으로 우물쭈물했다.

그들 모두는 프라이오스의 분노에 우주 전체가 망가지고 다수의 동족들이 겁에 질려 죽는 것을 직접 목격했다. 심지어 죽은 자들의 시체까지 공포에서 벗어나지 못해 썩지도 못하는 기현상까지 경험하고 말았다.

1분 정도 시간이 흐른 뒤, 그 프라이오스의 가면에서 경고성의 붉은 빛이 흘러나오자 결국 가장 나이가 많은 족장이 목숨을 걸고 프라임들에게 다가갔다.

"우리는 그 이동방법을 워프 드라이브라고 하오."

"사냥꾼들에게 배운 것이겠지?"

프라이오스가 고압적인 목소리로 지적했다.

"당신들은 그들을 사냥꾼이라 부르오?"

"학살자라고 할까 하다가⋯ 자존심이 상해서 말이지."

"그렇구려."

그 대화를 통해 아네라의 족장은 프라이오스와 제대로 된 대화가 될지도 모른다는 느낌을 받았다. 상대에게 감정이라는 개념이 존재함을 확인했기 때문이다.

"그렇다면 우리도 그들을 사냥꾼이라 부르겠소."

"일부러 우리에게 맞춰줄 필요는 없는데?"

"우리는 당신들이 두렵소. 이해해 주시오."

"흠……."

프라이오스의 가면에서 흘러나오는 빛이 붉은색에서 황금색으로 변했다. 뒤이어 빛은 아예 사라졌다.

"그 솔직함에 대한 경의의 표시로 예의와 절차를 지키도록 하겠소. 내 이름은 프라이오스라고 하오. 알다시피 그대들 종족의 대부분을 학살한 장본인이고 살아남은 자들도 모조리 죽이고 싶은 마음이 아직 간절하오. 또한 나는 그 모든 것을 없었던 일로 하자는 말을 던질 수 있을 만큼 정신 나간 존재도 아니오."

프라이오스가 살벌한 말을 정직하게 늘어놓으며 자리에서 일어났다. 큰 신장과 프라임들 특유의 분위기가 모든 아네라 족장들을 다시금 압도했다.

"하지만 그대와 그대들의 종족에게 다시금 삶을 누릴 기회를 주겠소. 우리에게 그 워프 드라이브라는 것을 가르쳐

주시오."

"가르쳐달라니, 무슨 말이오?"

아네라의 족장은 이해가 가지 않았다. 우주 전체를 단숨에 완파시킬 만큼 강력한 논외의 대상이 워프 드라이브라는 이동수단을 왜 모르는지 납득할 수가 없었다.

"모르니까 가르쳐달라는 것이오."

프라이오스의 대답에 족장은 정말 할 말을 잃었다.

"음… 배워서 어디에 쓸 생각이오?"

"아네라를 학살하는데 쓰진 않을 것이오."

"……."

족장은 자신이 당장 마음을 가라앉히고 생각을 정리해야 할 필요가 있다고 판단했다.

족장은 정신력을 이용하여 자신이 착용하고 있는 갑옷의 기능 중 가장 사소한 것 하나를 활성화시켰다.

그것은 바로 강력한 정신안정제의 투입이었다.

사이악스는 아네라 자신들에게도 들리지 않는 주사약의 투입소리를 분석하여 약의 성분을 파악해 봤다.

'구조가 매우 안정적인 조합물질이군. 즉효성이 강하지만 부작용은 없겠어.'

강제로 마음을 가라앉힌 족장은 고개를 들어 프라이오스를 봤다.

"워프 드라이브를 사용하기 위해서는 우선 우주의 지도가 필요하오."

족장은 각종 조건들 중에 가장 중요한 것을 먼저 말했다.

"우주의 지도는 어떠한 방식으로 만들고 있소?"

사이악스의 질문이었다.

족장은 적절한 설명을 위해 잠시 생각하는 시간을 가졌다.

"최대한 간단히 말씀드리겠소. 우리의 관측 장비들이 우주의 경계면을 궤도삼아 돌면서 실시간으로 측정값을 보내주고 있소."

"그런 기계는 본 적이 없소만?"

사이악스가 지적하자 족장이 고개를 저었다.

"사냥꾼들이 전수해준 기술을 통해 은폐되어 있소. 각종 광선의 영역으로는 흔하디흔한 부유물질 정도로 보일 것이오."

"호오."

사이악스가 납득했다는 듯 끄덕거렸다.

"물론 그것은 지도 작성의 기본요소일 뿐이오. 그리고 당신들 때문에 모든 작업은 중단된 상태라오."

우주의 경계면이라는 단어가 프라임들의 흥미를 끌었다.

"우주의 경계면은 하얀색 우주와 검은색 우주 사이에 작용하는 반발력(Repulsive Force)으로 인하여 대단히 위험한 장소인데, 그 모든 것을 버티는 기계가 있다는 뜻이오?"

사이악스가 다시 물었다.

"그것이 우리의 기술력이오."

장로가 매우 조심스러운 목소리로 자랑스럽게 대답했다.

모든 프라임들이 프라이오스를 돌아봤다. 그것은 어째서 주인이 자신들에게 그러한 기술을 가진 종족이 있다는 사실을 가르쳐주지 않았냐는 질문과도 같았다.

프라이오스는 이번에도 그냥 가만히 있었다.

"그렇다면 지도 외에 다른 필요조건은 무엇이오?"

프라이오스는 질문을 던짐으로서 자신에게 집중되는 프라임들의 시선을 무시했다.

"워프 드라이브용 엔진이 필요하오. 그것은 출발지와 목적지, 그리고 그 사이에 존재하는 모든 인과관계를 무시해야 할 만큼 정교한······."

"됐소. 기계의 설계도가 있다면 지금 당장 내놓으시오. 최근에 작성된 우주의 지도도 함께."

프라이오스의 요구에 아네라의 족장은 속으로 비웃음을 터뜨렸다. 그 막대한 자료를 받아서 뭘 어쩌겠다는 것인지 이해할 수 없어서였다.

아무튼 족장은 모든 자료를 자신들이 정보 보존용으로

사용하는 금속판에 옮긴 뒤 그것을 프라이오스에게 내밀었다.

아네라의 손바닥보다 작은 그 금속판을 건네받은 프라이오스는 그것을 손으로 쥐어 으깨고 입자들을 분해시켰다.

처음에는 상대가 무슨 짓을 하는지 이해하지 못했던 아네라의 족장은 입자로 변한 그 자료들을 손으로 남김없이 흡수하는 프라이오스의 모습을 보고 상당히 놀랐다.

'저런 방식으로 내가 준 자료의 모든 것을 습득한단 말인가? 금속의 재질도 벌써 파악했다고?'

그가 놀랄 일은 거기서 그치지 않았다.

"엔진이라고 해서 무엇인가 했더니 '고차원 방정식'의 해석 장치였군. 하긴, 모든 계산에 단백질 세포를 사용해야만 하는 일반 생물들에게는 물질 재조합 계산을 할 때 기계의 도움이 필수겠지. 가련하군."

뭔가 어려운 말을 중얼중얼 읊은 프라이오스는 자신이 흡수한 자료를 벽에 그려진 낙서를 구경하듯 다시 해석했다.

"위험한 구석도 있군. 합금제조 기술을 반대로 응용하면 경작지 하나를 날려버릴 만큼의 폭발도 일으킬 수 있겠어. 자네들의 생각은 어떤가?"

프라이오스의 손에서 다른 색의 빛이 피어올라 모든 프

라임들에게 흘러들어갔다.

　그 정보를 인식, 습득한 프라임들의 가면이 밝기가 각기 다른 황색으로 빛났다.

　"오, 과연. 하지만 이 정도의 기계를 움직이기 위한 동력은 쉽게 얻을 수 있는 것이 아닐세."

　"아네라들은 다수의 대소멸 동력 엔진을 직렬로 연결하여 사용하는군."

　"물질과 반물질을 충돌시켰을 때 소멸되는 질량을 누수 없이 이용하는 동력으로 말이로군. 케케묵었어."

　"그래도 효율로 따지자면 우리가 표준으로 정한 태양보다 100배 가까이 훌륭하지."

　"훌륭하다니, 평과가 과하군. 일반 생물이 살아가는 환경에는 그러한 동력이 필요 없네. 그래서 동원하지 않았을 뿐이지 않나?"

　"아무튼 너무 위험해. 유전자 구조마저도 폭탄으로 바꿀 수 있을 것이네. 악용되면 큰일이지."

　"악용할 수 있는 자가 아네라밖에 없으니 오히려 다행이지. 일반 생물과 신들은 이걸 해석조차 못하지 않나?"

　"생물들은 잘 해야 폭탄에 쓰겠지만… 발생하는 동력 자체는 아우터 갓들의 포식거리로 던져줄 수 있겠군. 그러면 그 잡종들의 덩치가 얼마나 커질까?"

"아무리 먹어 치워도 우리 고향에 침입하여 우주 확장에 쓰이는 동력을 신나게 빨아먹던 녀석보다는 작을 거야."

프라임들의 대화가 길어지자 프라이오스가 손을 뻗어 그들을 말렸다.

"대화는 나중에 하도록 하게. 일단 내가 먼저 워프 드라이브를 사용해 보도록 하지."

"의장께선 욕심도 많으시군."

사이악스가 가볍게 농담을 던졌다.

그 모든 것들이 아네라의 족장들을 정말로 당황하게 만들었다.

'저들이 지금 무슨 소리를 하는지 도저히 모르겠군. 워프 드라이브를 2분도 안 되는 시간 만에 해석해서 엔진이나 우주선도 없이 맨몸으로 사용하겠다는 건가? 아니, 실패할 거라고 말리는 자들은 왜 없는 거지?'

아네라의 족장이 보는 앞에서 프라이오스의 모습이 푸른색 빛깔의 고리를 하나 남기고 사라졌다.

그리고 약 5분이 지난 뒤, 프라이오스가 회의장의 문을 바깥쪽에서 열고 다시 돌아왔다. 그의 뒤로 해골의 무늬를 가면에 새긴 일반 경작자 한 명이 우물쭈물 뒤따랐다.

붉은색 망토와 두건을 쓴 그 경작자는 프라이오스의 본 거지에 존재하는 일반 경작자들 가운데 최고참이었다.

프라이오스가 그녀를 데려온 이유는 워프 드라이브가 성공했다는 증거를 보이기 위해서였으나 끌려온 당사자에게는 엄청난 심적 부담을 안겨주었다.

"자네가 다시 이 방에 나타나야 완벽한 성공이 아닌가?"

사이악스가 지적하자 프라이오스가 고개를 설레설레 흔들었다.

"우주의 좌표가 그사이에 변했더군. 왜 아네라들이 실시간으로 좌표를 측정하고 갱신하는지 이유를 알았네. 결과의 오차가… 우리가 설정한 빛의 속도로 300만년 이상 걸리는 거리였다네."

"음… 측정과 갱신이라. 듣기만 해도 피곤해지는 일이군."

사이악스를 비롯한 모든 프라임들이 한숨을 터뜨렸다.

한편, 일반 경작자들 가운데 최초로 프라임들의 회의장에 방문하게 된 그 해골의 경작자는 대단한 압박감을 느끼고 있었다.

"프, 프라이오스 프라임이시여. 저와 같은 부족한 존재가 이처럼 위대한 장소에 그냥 있어도 괜찮은 것입니까?"

프라이오스가 그녀를 응시했다.

"아, 생각해 보니 자네가 쓸 의자가 없군."

"……"

그런 의도로 질문한 것이 아니었던 해골의 경작자는 대단히 난감해했다.

"그런데 저 어린 동포는 왜 가면에 장난을 친 건가?"

프라임 중 한 명이 지적했다.

"요즘 어린 것들은 이해할 수가 없어."

"매우 천하고 교양이 없어 보이는군."

쏟아지는 프라임들의 지적에 일반 경작자는 푹 숙인 고개를 들지 못했다.

"그만 하게. 이것은 그녀의 숭고한 각오일세."

프라이오스가 불쾌감을 드러냈다. 그러자 프라임들의 분위기가 조금 변했다.

"오, 그러한가?"

"음. 아마도……?"

고개를 옆으로 기울이며 말을 줄이는 프라이오스의 행동에 해골 무늬 가면의 경작자는 참혹할 만큼의 수치심을 느꼈다.

"아무튼 워프 드라이브는 매우 훌륭하군. 사냥꾼들이 얼마나 편하게 우리를 노리고 있었는지 알게 되니 화가 날 지경이야. 협조에 감사하겠소, 아네라의 족장이여."

프라이오스의 말에 아네라의 족장은 아무런 반응도 보이지 않았다.

"아, 기절했군."

"기계의 도움 없이 맨몸으로 워프 드라이브를 사용한 현실을 받아들이기 힘들었겠지."

"사용한 자가 우주를 완파시킬 만큼 강력한 존재라는 것을 잊었나 보군."

"우리가 회의 시작부터 취미와 당분을 소재로 이야기했으니 그럴 수밖에 없겠지."

"위엄 있게 우주의 미래를 논해야 했었나?"

"그것은 기본적으로 재미가 없는 이야기일세. 답도 안 나오고."

"맞춰주기 정말 힘들군."

프라임들이 일제히 투덜거렸다.

"일단 아네라들을 돌려보내세, 프라이오스여. 그들의 인도는 내가 맡겠네."

윈드렉스 프라임이 자리에서 일어나며 말했다.

"미리 묻겠네만, 그들의 생존은 보장되는 건가?"

"물론일세."

프라이오스가 묵직하게 끄덕였다.

"어떠한 방식으로 생존시킬지는 주인님과 함께 고민해보세."

"그분은 항상 좋은 말만 하시지 않나?"

윈드렉스의 말에 프라이오스는 긴 한숨을 터뜨렸다.

"그러한 불만사항은 주인께서 자네에게 대화를 허락하셨을 때 직접 내놓게나."

"그렇다면 그분은 슬퍼하실 것이네. 그리고 난 죄책감에 시달리겠지. 아아, 그분의 목소리가 슬픔에 젖어든다면 나는……."

윈드렉스의 말이 계속 이어지자 프라이오스의 손이 꿈틀거렸다.

"좀 닥쳐… 묵묵히 자신의 할 일을 하게, 윈드렉스여."

프라이오스는 도중에 나오는 말을 의도적으로 바꿨다.

"아, 미안하네. 내가 또 지나친 생각을 해버렸군."

윈드렉스는 손으로 가슴을 쓸어내려 흥분을 가라앉혔다.

"난 주인님을 너무 사랑하는 것 같네."

"그런 것 같군. 짝사랑이겠지만."

프라이오스의 목소리에서도 분노가 가셨다.

"다른 프라임들의 몫까지 그분을 사랑하게. 우리가 그분께 가진 감정은 사랑이 아니라 존경이니까."

프라이오스의 말에 프라임들 중 몇 명이 몸을 움찔했다.

"가면을 벗고 얼굴을 긁고 싶군."

파이록스 프라임의 말에 사이악스가 낮은 웃음소리를 냈다.

"낯간지럽다는 인간들의 표현을 굳이 실현할 필요는 없네."

"흠."

이윽고, 윈드렉스가 제안을 했다.

"그렇다면 투표를 하세, 프라이오스여. 우리의 의지가 주인님의 결심을 넘어설 수는 없지만 작게나마 도움을 드릴 수는 있을 것 같군."

"투표라……."

"난 아네라의 멸종에 반대하겠네. 그럼 신중하게 결정하길 바라네."

윈드렉스가 아네라의 족장들을 데리고 회의장을 빠져나간 뒤, 프라임들은 어찌할까 고민하다가 사이악스를 시작으로 찬성과 반대를 말했다.

"난 아네라의 멸종에 찬성일세."

사이악스가 아네라의 생존을 반대하자 프라임들이 모두 의아해했다. 탐구심이 특히 깊어 미쳤다는 말까지 듣는 자의 행동치고는 예상 외였기 때문이다.

"어째서 멸종을 주장하는 것인가, 사이악스여?"

"다짜고짜 묻지 말고 고민을 하게, 형제들이여. 생각의 즐거움을 포기하려는 것인가?"

프라임들은 사이악스의 지적을 받아들이고는 일을 조금

더 신중히 생각해 보기로 했다.

프라이오스는 일부러 멸종을 주장하여 다른 프라임들의 분위기를 환기시킨 사이악스의 수완을 내심 칭찬했다.

"난 저들에 대한 객관성을 잃은 상태이기에 기권하겠네."

프라이오스는 사이악스를 거들듯이 말하여 다른 형제들을 더욱 괴롭혔다.

투표는 아네라의 생존이라는 결과를 낳았다. 멸종의 반대에 누군가가 한 표를 던졌고 나머지가 전부 기권했는데, 실질적으로는 모두가 멸종에 반대한다는 의미나 다름없었다.

"자네들이 어쩌다가 이렇게 너그러워진 것인가?"

프라이오스가 묻자 어떤 프라임 한 명이 가벼운 웃음소리를 냈다.

"저들이 없으면 우리가 우주의 지도를 그려야 할 테니까."

"하긴, 익숙한 자들에게 계속 맡기는 것이 좋겠지."

회의다운 회의를 오랜만에 한 프라임들은 이후 한 시간이 넘도록 각자의 자리에 앉아 주인이 오기를 기다렸다.

"이번에도 시간을 어기시는군. 언제쯤 약속시간을 지키실까?"

파이록스의 지적에 프라이오스가 손을 저었다.

"따지지 말게. 주인님의 위대한 결정일세."

"그럼 저는 언제까지 이 위대한 장소에 있어야 하는 것입니까?"

프라이오스를 포함한 모든 프라임들이 프라이오스의 뒤에서 덜덜 떨며 서 있는 일반 경작자를 슬그머니 돌아봤다.

모두가 그녀를 잊고 있었던 것이다.

"회의가 끝나면 함께 돌아가세. 급한 일도 없지 않나?"

프라이오스가 최대한 태연스럽게 말했다.

"하지만 저와 같은 작은 존재가 있기에는 너무도 과한 자리입니다. 저는 서 있는 것조차 어렵습니다."

그러자 프라이오스의 뒤쪽에 작지만 편해 보이는 의자 하나가 창조되었다.

"그럼 앉아 있게."

"……."

해골의 경작자는 가만히 자리에 앉았다. 프라이오스는 다른 프라임들에게 눈총을 받았으나 개의치 않았다.

"역시 당신들에게는 보좌관이 필요하겠군요."

프라이오스의 오른쪽 어깨 위에서 황색의 빛이 빛났다. 그 빛은 프라이오스의 두건 위를 토닥이고 있었다.

"그런 식으로 행동하니까 여자들에게 인기가 없는 거에

요, 프라이오스여."

"그러한 것을 추구할 입장도 아닙니다, 주인이시여."

프라이오스를 제외한 모든 프라임들이 자리에 일어났다. 경외감 때문에 일어나지 못했던 해골의 경작자도 허겁지겁 일어났다.

"어서 오십시오, 주인이시여."

모든 프라임들이 말했다.

"반가워요, 여러분."

그 존재는 빛의 무리로밖에 보이지 않았다.

그러나 실제로는 모든 프라임들과 경작자들의 정점이자 검은색 우주의 모든 것을 알고 지켜봤으며 절대적인 영향력까지 발휘하는 존재, 즉 '주인'이었다.

주인이 프라임들 사이의 큰 탁자 중앙으로 자리를 옮겼다. 주인이 자신에게 벗어난 후 프라이오스도 옷을 정돈하며 일어났다.

"자아, 꾸중을 들을 준비는 됐나요?"

주인의 한마디에 모든 프라임들이 경직되었다.

혼날 짓을 한 장본인인 프라이오스와 꾸중을 하겠다는 주인의 말에 신선함을 느낀 사이악스만이 마음을 비우고 서 있었다.

"모두 앉으세요. 아무리 밉상이라도 프라임들은 자리에

앉아 있지 않으면 멋이 나지 않거든요."

프라임들이 긴장감을 흘리며 자리에 앉았다.

"프라이오스여. 워프 드라이브의 느낌은 어땠나요?"

"주인님께서 왜 우리에게 그 능력을 가르쳐주시지 않았는지 알 것 같았습니다."

"그렇다면 이제 사용을 허락하지요. 아네라들이 알고 있는 방식에는 한계거리가 있으니 제가 조금 고쳐줄게요."

주인이 반짝 빛나자 프라임들 역시 그에 응하여 빛을 냈다.

"여러분들은 애초에 인과율, 즉 원인과 결과에서 벗어난 존재이니 아네라들이 사용하는 제어구조는 필요 없겠죠. 하지만 가장 중요한 순간이 올 때까지는 아네라들이 정한 한계거리를 최대한 유지하세요."

"어째서 그렇습니까?"

사이악스가 질문했다.

"그래야 사냥꾼들이 당신들을 계속 얕볼 테니까요."

"알겠습니다."

사이악스가 납득하여 고개를 끄덕거렸다.

"그렇다면 다음 문제로 넘어가지요."

주인은 그 이후 몇 시간 동안 프라임들에게 꾸중을 날렸다. 프라임들이 기억하는 꾸중 가운데에서 가장 험난한 것들이었기에 대부분의 프라임들은 원인 제공자인 프라이오스를 저주하기에 이르렀다.

"그런 이유로, 이제 당신들이 정신 나간 행동을 하지 못하도록 도와줄 존재를 정하겠어요."

자신들에게 무한한 자유를 주었던 주인이 처음으로 족쇄를 거론하자 모든 프라임들이 놀랐다.

"프라임에 가까운 존재를 꿈꾸시겠다는 말씀이십니까?"

"당신들의 뒤치다꺼리를 하는 것도 피곤한데 제가 왜 그러겠어요?"

"……."

대놓고 무안을 당한 프라임 한 명이 고개를 숙였다.

"마침 적당한 자가 이곳에 있군요."

주인의 빛이 길게 늘어나 프라이오스 뒤에 앉아 있던 일반 경작자에게 닿았다.

주인의 직접적인 접촉에 너무 놀란 그녀는 소녀처럼 몸을 움츠렸다.

"주, 주인이시여……? 어찌 이 부족한 자에게 은혜를 주시나이까?"

"은혜는 아니에요. 꽤 즐겁고도 슬픈 일을 맡을 테니까요."

일반 경작자의 복장과 가면이 조금 변했다.

가면은 황금색의 무광 가면으로 바뀌었고 두건과 망토에는 파도와 같은 형태의 검은색 수가 놓여졌다. 신체도 조금 커졌고 힘도 대폭으로 증가되었다.

그 힘의 수준은 자그마치 위험등급으로 지정된 사냥꾼까지도 어느 정도 대응할 수 있는 수준이었다. 연산능력 역시 프라임을 대신하여 잠깐이나마 경작지 전체를 관리할 수 있는 수준까지 올라갔다.

그것은 곧 높은 등급의 사냥꾼과 우주에서 유명세를 떨치는 아우터 갓, 엘더 갓 등의 극소수를 제외하면 그녀를 제압할 수 있는 존재가 그 무엇도 없다는 뜻이었다.

하지만 그녀가 가면 전체에 직접 새긴 해골 모양의 무늬는 그대로였다. 주인은 그녀가 어떤 마음으로 그런 무늬를 새겼는지 알고 있기에 그것을 건드리지 않았다.

"어린 동포여. 당신은 프라이오스의 곁을 가장 오랫동안 지켜왔답니다. 당신은 그를 자신의 목숨보다 소중히 여기며 또 걱정하고 있지요. 프라이오스도 당신을 아끼고 항상 함께 하고 싶어 하기에 이 회의장에 데려온 거랍니다."

주인의 그 말에 그 여성형 경작자는 몸속이 울렁거릴 정도로 당황했고 몸이 우지끈 굳은 프라이오스의 가면은 회색으로 탈색되었다.

"어머? 서로 부정하지 않는군요."

"……."

프라임들은 프라이오스를 어이가 없다는 듯 바라봤다.

"아무튼 어린 동포여. 당신은 이제 여왕을 초월하여 여제 (女帝)로서 프라임에게 모든 진심과 걱정을 쏟아낼 수 있게 되었답니다."

"예? 그 말씀은……."

"잔소리를 할 수 있게 되었다는 것이지요. 제 가호 아래 말이에요."

"아아……!"

제왕이라 불리게 된 해골의 경작자로부터 연분홍색의 오오라가 피어올랐다.

프라이오스가 다급히 그녀를 돌아봤다.

"자네, 나에게 그러한 감정이 있었나?"

"물론이지요! 지금까지 지적해 드리고 싶었던 사항을 전부 말씀드리려면 8,760시간도 부족합니다! 위대하신 프라임으로서의 자각이 있으신 겁니까?"

"……."

프라이오스는 갑자기 태도가 돌변한 부하의 모습에 경악했고 다른 프라임들은 큰 압박감을 받았다.

"주, 주인이시여. 이것이 지금 이 시간부터 모든 프라임들에게 적용되는 사항입니까?"

혼자 일하는 것을 특히 즐기는 파이록스가 겁에 질린 목소리로 질문했다.

주인이 반짝거렸다.

"아니요. 일단 프라이오스를 통하여 시범적으로 운영할 생각이에요. 나중에 프라이오스가 그녀의 조언을 무시하고 돌발행동을 저지른다면 모든 프라임들에게 적용할 겁니다."

대답을 들은 파이록스가 즉시 프라이오스를 돌아봤다.

"내가 도와줄 일이 있으면 언제든 이야기하게, 프라이오스여! 꼭 이야기해야 하네! 시공을 초월해서라도 자네를 돕도록 하지!"

프라이오스는 지금 당장 도와달라는 말을 가면 밖으로 꺼내지 못했다.

"회의는 이것으로 끝내지요. 워프 드라이브를 허가했으니 이제 당신들을 제 힘으로 불러들일 필요가 없겠군요. 자주 모여서 이야기하세요. 그리고 가급적이면 어린 동포들에게 워프 드라이브의 진실에 대한 것은 숨기세요."

"주인이시여."

사이악스가 손을 들었다.

"아네라는 어찌 다루실 생각이십니까?"

"후후, 그 말이 나오기를 기다렸어요."

프라임들의 분위기가 변했다.

"그들은 진화과정 자체가 위험했어요. 하지만 그들이 정확히 어떻게 '사용될지' 알기 힘든 부분이 많아서 기다렸답니다. 하지만 터무니없는 비극을 낳고 말았군요. 물론 예상한 범위 내에서 끝났지만요."

주인이 아네라의 존재를 알면서도 자신들에게 이야기하지 않았음을 확인받은 모든 프라임들은 '여제'에 대한 문제를 머리에서 확 치워내고 그 문제에 집중했다.

프라이오스 역시 사소한 감정을 모두 잘라버리고는 주인의 이야기에 신경을 쏟았다.

주인의 가호 아래 정말 오랜 시간 동안 쌓았던 감정을 폭발시켜 프라이오스를 당황케 한 해골의 여제는 자신의 상관이자 가장 오랫동안 함께 해온 그 존재의 진지함을 다소곳이 감상했다.

주인이 길게 빛났다.

"아네라들에 대한 제한은 이미 시작되었답니다. 그들의 번식률은 극도로 저하될 것이고 각 부족은 상잔을 각오할 만큼 극단적인 경쟁을 하겠지요. 모든 아네라가 유전자 단위로 저에게 간섭을 받았으니 아무리 뛰어난 소질을 가진 지도자가 나타나 아네라의 통합을 시도해도 실패로 끝날 겁니다."

그런 식으로 '자연스럽게 보이는' 불이익을 주는 것이 주인의 방식이었다.

그러나 우주적인 대희생이 일어나는 것까지 감수하면서 그들을 방치한 점에 대해서는 프라이오스를 제외한 모든 프라임들이 의문을 가졌다.

방금 전 여제로 선정된 해골의 경작자 역시 프라임들과 같은 생각이었으나 프라이오스에게서 그 어떤 동요도 느끼지 못하였기에 판단 그 자체를 하지 않기로 했다.

"워프 드라이브에 필요한 우주의 지도는 그들에게서 제공받도록 하세요. 제가 나설 영역이 아님은 모두 알고 있겠지요? 상하관계의 설정은 그대들에게 맡기겠습니다."

"그리 하겠습니다, 주인이시여."

프라이오스가 대표로 대답했다.

"그럼 프라이오스여, 다른 프라임들에게 누가 되지 않도록 돌발행동을 자제하도록 하세요."

"명심하겠습니다."

주인을 의미하는 빛은 사라졌고 프라임들은 한참을 술렁거렸다.

파이룩스는 자리를 떠나 프라이오스 앞에 서서 거의 애원하듯 주의를 당부했고 프라이오스는 알았다는 말을 연거푸 하며 그를 안심시키려 했다.

그러나 한참 뒤, 프라임들 사이에서 일명 '부싯돌 사건'
으로 불리는 프라이오스의 대실책이 터지면서 여제들은 모
든 프라임들에게 배치되었고 파이록스와 프라이오스의 관
계는 최악으로 치달았다.

프라이오스와 파이록스가 그것을 빌미로 다투는 한편,
자신의 경작지를 맡을 여제를 신중히 선정한 사이악스는
주인과 프라이오스가 끝까지 공식적 언급을 피한 존재, 즉
하얀 우주의 의지가 어떠한 자인지 상상을 하며 자신의 일
을 계속했다.

*   *   *

여제들의 명칭이 '엠프레스'로 바뀐 직후의 일이었다.

시간은 그만큼 흘렀고 이제 프라임들에게 있어서 엠프레
스는 쓸데없는 잔소리꾼이라는 최초의 인식을 벗어나 둘도
없는 부관으로서 그 존재가 당연시되고 있었다.

엠프레스들 가운데 첫 번째, 즉 해골의 무늬를 가면에 새
긴 엠프레스는 '그랜드 마더'라는 별칭으로 불리며 다른
후배 엠프레스들에게도 존경을 받고 있었다.

그녀는 위험등급의 사냥꾼을 유일하게 패퇴시킨 일반 경
작자, 아니 쉬프터로서 모든 동포들은 물론 호사가로 분류

되는 아우터 갓과 엘더 갓들에게까지 유명했다.

그러한 그녀가 그날만큼은 아주 위험한 상황을 눈앞에 두고 있었다.

쉬프터들의 목록 가운데 상위권에 위치한 아우터 갓 하나가 다짜고짜 프라이오스의 1번 경작지 안으로 들어오려한 것이다.

단독으로 그 아우터 갓의 앞을 막아선 해골의 엠프레스는 프라임의 실제 신장인 120만 광년에 맞먹는 그 괴물을 일말의 흔들림 없이 낯을 만지작거리며 지켜봤다.

"다시 한 번 경고하겠습니다, '무한의 침묵' 이여. 경작지의 보호구간을 더 이상 훼손하신다면 우리의 원칙에 따라 당신을 배제하겠습니다."

우주보다 더 검은색을 띤 채 꿈틀거리는 그 장대한 덩어리로부터 엠프레스와 비슷한 신장의 굵기를 가진 촉수 하나가 초광속으로 뻗어 나왔다.

엠프레스 앞에 딱 멈춘 그 촉수의 끝에서 생명체의 눈처럼 보이는 기관이 껍질을 좌우로 젖히며 모습을 드러냈다.

촉수 앞을 전부 차지한 흰자위에는 검은색 혈관이 덩굴처럼 도사렸고 눈동자는 검은색이었으나 조개껍질처럼 오색으로 반사광을 흘렸다.

"프라이오스의 엠페라트리스여. 나를 막을 수 있다고 생각하는 것인가?"

"수 시간 전부터 제 호칭은 엠프레스로 바뀌었습니다."

"또 그 행사인가?"

아우터 갓의 흰자위가 짜증을 나타내듯 일그러졌다.

"주인님을 모독하시는 겁니까?"

"설마, 내가 아우터 갓 중에서 가장 위대한 부류라 해도 감히 그분을 상대로 배짱을 부릴 위치는 아니지."

"그렇다면 이야기는 빠르겠군요. 물러나주십시오, 무한의 침묵이여."

"그대가 아무리 위험등급 사냥꾼을 단독으로 쓰러뜨린 존재라 해도 나를 막을 수는 없을 것이야. 다치기 전에 프라이오스의 곁으로 도망치는 것이 어떠한가?"

"무한의 침묵이여. 당신의 굶주림은 이해하지만 그렇다고 경작지의 일부를 당신께 양보할 수는 없습니다. 식욕은 다른 곳에서 충족해 주십시오."

"그럴 수는 없지. 아니, 그럴 수 없게 되어버렸다네."

음산한 기운을 품은 안개들이 엠프레스를 향해, 1번 경작지를 향해 진격해 왔다.

"'검은 안개의 신'이 나에게 경작지의 '맛'을 알려주었네. 바깥에서는 느낄 수 없는 최고의 진미였지."

해골의 엠프레스는 상대가 무슨 이야기를 하는지 이해할

수 없었다.

검은 안개의 신은 과거 사이악스의 경작지를 침범하여 경작지 내의 신계들을 포식을 한 적이 있는 존재였다. 사이악스의 흥미를 채우기 위해 이용당한 그 아우터 갓은 프라이오스의 설득으로 물러갔지만 해골의 엠프레스가 그 이야기를 공식적으로 전해 듣는 것은 지금으로부터 한참 뒤의 일이었다.

"듣자 하니 자네들의 1번 경작지는 가장 오랫동안 숙성되었다고 하더군. 사이악스의 경작지가 원래 6번 경작지였다지?"

"……."

"그렇다면 자네들의 경작지는 얼마나 깊은 맛을 가졌을지 상상할 수조차 없군! 아우터 갓으로서 프라이오스가 저질렀던 우주의 완파까지 경험할 만큼 오랫동안 살아온 내가 말일세!"

해골의 엠프레스는 탐욕으로 미쳐버린 그 아우터 갓의 전진을 더 이상 용납할 수 없었다.

"다시 경고하겠습니다. 진정하십시오."

"그대야말로 자리를 뜨게, 그랜드 마더라 불리는 자여. 그리 하지 않으면 나는 자네마저도 섭취해 버릴 것이네. 실은 자네의 몸에 흘러들어가고 있는 그 막대한 에너지에도 흥미가 있거든!"

해골의 엠프레스는 자신에게 쏟아지는 각종 욕망의 사념을 낫으로 갈랐다.

대형 아우터 갓의 사념은 그 자체만으로도 물체의 결합구조를 깰 수 있는 파괴력을 갖고 있었다.

그리고 그 파괴력의 범위는 항성계는 물론 은하까지도 영향을 미칠 수 있을 만큼 막대했다.

밀려오는 안개 속에서 날카롭고 튼튼한 턱을 가진 검은색 촉수들이 끔찍한 소리를 내며 쏟아져 나왔다. 무한의 침묵이 행성들을 씹어 섭취할 때 사용하는 수단이었다.

"참을 수 없군! 이제 나의 일부가 되어 살아가게!"

촉수들의 입으로부터 붉은색의 광선들이 일제히 뿜어졌다.

엠프레스는 오른손으로 낫을 휘둘러 광선들을 자르고 자른 광선들을 수정처럼 동결시킴으로서 공격을 완전히 무력화시켰다.

'퀘이사 드래프트에 비하면 산들바람에 지나지 않지.'

그녀는 왼손을 품에 넣은 뒤 동결시켜 보관하던 태양 두 개를 꺼내 앞에 풀었다.

주먹 정도의 크기로 압축된 태양을 돌려차기로 걸어 찬 엠프레스는 낫으로 그 사이의 공간을 갈랐다.

두 개의 태양이 동면에서 풀리며 순백색으로 타올랐다. 깨어난 태양의 사이를 가로지른 엠프레스의 힘은 두 개의 태양으로 하여금 서로 충돌하여 대소멸 반응을 일으키게 만들었다.

대소멸 반응의 산물이 순식간에 어지간한 항성계 이상의 크기로 성장했다.

그 맹렬한 에너지 폭풍을 염동력으로 포획한 엠프레스는 인간이 투석구에 돌을 놓고 돌리듯 그것을 머리 위에서 회전시켰다.

광활한 크기의 고리가 무한의 침묵 앞에 그려졌다. 탄환의 크기는 천문학적인 속도와 비율로 증대되어 아우터 갓의 거대한 몸체를 조금씩 비추는 수준에 도달했다.

결국 투척된 '대소멸 반응탄'이 아우터 갓을 향해 고속으로 날아갔다.

수많은 촉수들을 제거하며 아우터 갓의 본체에 꽂힌 그 격렬한 힘은 분명 강력했다. 그러나 그 파괴력은 아우터 갓의 몸 일부에 잠깐 불꽃을 피우는 수준이었다.

물론 폭발범위는 은하 두 개를 날리고 그 장소에 주변 우주 십여 만 광년을 빨아들이는 공허의 나락을 만들 수 있었다.

"설마 이 정도의 파괴력으로 위험등급을 붙잡았다는 말

은 아니겠지? 하지만 맛은 좋았네."

"경고와 공격을 구분하지 못하십니까?"

해골의 엠프레스는 망토 안에서 줄을 잡아당겼다.

100개가 넘는 동면 태양이 줄에 이끌려 주르륵 튀어나왔다.

"전부 먹어 치워주지!"

아우터 갓이 토해내는 강렬한 광기가 엠프레스의 낫에 갈려 우주의 좌우로 뻗어나갔다.

한 손으로 낫을 잡은 엠프레스는 가지고 있던 100개의 태양들을 일제히 해동시켜 장벽 모양으로 설치했다.

핵융합 폭발로 불타는 거대한 장벽이 엠프레스의 염동력에 형태를 유지하고 낫의 움직임에 맞춰 아우터 갓의 광기를 구워버렸다.

그러나 아우터 갓이 분출하는 광기의 일부가 낫에 걸린 힘을 송곳처럼 관통하여 해골이 새겨진 엠프레스의 가면을 통해 뻗어나갔다.

'역시 힘의 규모가……!'

광선처럼 압축된 아우터 갓의 광기가 큰 손바닥에 간단히 막혀 사라졌다.

"흠, 또 자네로군."

아우터 갓의 광기와 함께 쏟아져 나오던 촉수들이 일제

히 우주공간에서 멈췄다.

낫을 든 엠프레스의 옆에서 손을 내린 프라이오스가 그녀의 앞으로 슬그머니 이동했다.

엠프레스가 발동시키던 장벽이 폭풍을 맞은 촛불처럼 꺼졌다. 그 모든 파괴적 현상들을 프라이오스가 동결하고 분해시킨 것이다.

"오랜만일세, 무한의 침묵이여. 하지만 농담과 장난이 좀 과하군."

"프라이오스!"

아우터 갓이 분출하는 광기가 한층 더 강렬해졌다.

경작지의 일부를 한 순간에 파괴할 만큼 강력한 파동이 일어났으나 프라이오스의 힘에 중화되어 어느 한도 이상으로 퍼지진 못했다.

프라이오스는 편하게 팔짱을 꼈다.

"자네와 난 깊은 인연이 있지. 다른 아우터 갓과 엘더 갓을 이끌고 나를 막으려 한 자네의 의협심은 아직도 높이 사고 있네. 아, 물론 난 사과를 해야겠지."

프라이오스의 가면 사이에서 붉은색 빛이 울컥 터져 나왔다.

"그때 자네가 무슨 일을 겪었고 내가 자네를 어떻게 홀대했는지 뚜렷하게 기억하기를 바라네. 그래야 나의 사과가 제대로 전달될 수 있을 것 같으니 말일세."

무한의 침묵이 다루는 모든 촉수들이 오래전과 마찬가지로 프라이오스에게 제어권한을 빼앗긴 채 주인에게 이빨을 드러냈다.

"으으음……!"

무한의 침묵이 우주를 진동시킬 만큼 큰 신음을 냈다.

우주의 끝과 끝을 잇는 것처럼 보일 만큼 막대한 덩치의 그 아우터 갓이 썰물보다 빠르게 경작지 바깥으로 사라졌다.

가면의 빛을 멈춘 프라이오스는 뒤에 서 있는 해골의 엠프레스를 돌아봤다.

"수고했네. 하지만 무모했네."

"워낙 덩치가 큰 존재라 어디서 어떻게 노리고 들어올지 알 수 없었습니다. 저를 미끼로 삼으면 침입경로를 단순화시킬 수 있을 것이라 예상하긴 했습니다만 제대로 맞아 떨어졌군요."

"다행스럽게도 말이지."

프라이오스의 가면 사이에서 황금색 빛이 흘러나왔다.

"내가 늦었으면 어쩌려고 그랬나?"

"처벌은 각오하고 있습니다."

프라이오스가 오른손 손날로 엠프레스의 정수리를 쿡 찍

었다. 다른 어린 동포들 앞에서는 절대 시행하지 않는, 지극히 사적인 처벌방식이었다.

"돌아가세."

맞은 부분을 만지작거리는 엠프레스와 프라이오스의 모습이 경작지의 경계선에서 사라졌다.

위와 같은 일을 제외하고 엠프레스가 하는 일은 항상 뻔했다. 바로 프라이오스의 보좌, 혹은 관리였다.

프라이오스와 함께 본거지로 돌아온 해골의 엠프레스는 자신을 걱정하던 수많은 쉬프터들을 일일이 안심시켜준 뒤 프라이오스의 집무실로 향했다.

프라이오스는 의자에 앉은 채 창밖에서 빛나는 우주를 바라보고 있었다. 말이 창문일 뿐, 외벽 전체가 투명한 장소였다.

특별한 인사 없이 집무실로 들어온 해골의 엠프레스는 자신이 원래 하려던 용무를 계속 하기로 했다.

"주인님의 의지에 따라 어린 동포들의 호칭이 비숍, 나이트, 룩, 킹, 퀸 클래스로 변동되었습니다. 또한 저는 엠프레스라는 호칭을 사용하게 됩니다."

"……."

"듣고 계십니까, 프라임이시여?"

해골이 새겨진 그녀의 가면이 프라이오스 쪽으로 다시

움직였다.

"프라임이시여?"

엠프레스가 걱정하듯 그를 다시 불렀다.

석상처럼 움직이지 않던 프라이오스의 몸이 그제야 꿈틀 거렸다.

"음? 음… 아… 뭐… 일정 기간마다 시행되는 행사가 아 닌가? 의식구조 내에 심어지는 거라 어린 동포들이 혼란스 러워 할 일도 없고 말일세."

그의 말에 엠프레스의 가면 밖으로 한숨이 터졌다.

"고민이 있으시군요."

"삶이란 뭘까?"

그가 늘 던지는 농담 중에 하나였기에 엠프레스는 가만 히 흘려들었다.

따지지 않는 이유 중에 하나가, 프라이오스는 오로지 그 녀에게만 그러한 농담을 던진 후 제대로 된 이야기를 한다. 다른 쉬프터들에게는 결코 적용되지 않는 그녀만의 이야기 였다.

"굳이 말하자면 옛날 생각일세."

프라이오스는 이번에도 엠프레스의 기대를 벗어나지 않 고 제대로 된 이야기를 시작했다.

"최근 들어 가장 떠올리고 싶지 않은 기억이 자주 되살아

나는군. 아주 오랫동안 잊고 있었는데 말일세."

장미에 돋친 가시 같던 엠프레스의 분위기가 누그러들었다. 프라이오스가 말하는 '옛날'이 바로 악몽으로 변하여 우주를 파괴했던 바로 그때임을 그녀는 알고 있었다.

"그 외에도 풀어놓고 싶으신 말씀이 있으시다면 무엇이든 해주십시오, 프라임이시여."

"재미있는 이야기는 아니네."

"그러한 숨김은 이 작은 존재를 더욱 괴롭게 만든답니다."

프라이오스가 고개를 움직여 엠프레스를 응시했다.

"자네는 나를 너무 잘 알아서 탈이야."

"그것이 저의 긍지입니다."

그에 대해 무슨 말로 응수해야 할까 잠깐 고민한 프라이오스는 그냥 부드럽게 웃어버린 뒤 다른 이야기를 꺼냈다.

"사실 내가 저지른 잘못에 못지않게 큰 문제가 최근 발생했다네."

"어떤 일입니까, 프라임이시여?"

"윈드렉스의 경작지가 파괴된 것은 자네도 알 것이네. 생각해 보니 그것도 좀 오래된 이야기이군."

"예. 이후 윈드렉스 프라임께서는 오랫동안 회의에도 참여하지 않으셨습니다. 프라이오스님, 사이악스님과 함께 회의를 대표하시는 분께서 모습을 감추셨기에 엠프레스들은 물론 다른 어린 동포들 사이에서도 말이 많았습니다."

"음⋯⋯."

잠깐 목소리를 내며 다시 고민한 프라이오스는 정신감응을 통해 자신의 엠프레스에게만 이야기를 전달했다.

[윈드렉스의 경작지를 파괴한 것은 공개된 정보와 달리 사냥꾼이 아닐세. 포스타로스일세.]

전혀 생각지 못한 이야기를 들어버린 해골의 엠프레스는 자신도 모르게 숨을 한참 들이마셨다.

[포스타로스 프라임께서⋯ 무슨 이유로 그러한 금기를 저지르셨단 말씀이십니까? 윈드렉스 프라임과 포스타로스 프라임께서는 특히 친한 분들이 아니십니까?]

[이유는 있었다네. 그렇기에 모든 프라임들이 포스타로스를 질책하지 않았고 주인께서도 포스타로스와 윈드렉스의 '선택'을 인정하셨지.]

[그 이유가 궁금합니다, 프라임이시여.]

[윈드렉스의 본거지가 사냥꾼에게⋯ 좀 특별한 녀석에게 직접 침략 당했다네. 모든 어린 동포들이 그 사냥꾼에게 조종되었고 윈드렉스의 경작지를 엉망으로 만들었지. 윈드렉스는 자신의 손으로 어린 동포들을 처리해야 했으나 그러지 못했네. 그는 결국 친구인 포스타로스에게 도움을 청했

고, 포스타로스는 사냥꾼으로 가득 차버린 윈드렉스의 경
작지를 완파했다네. 포스타로스 또한 그전에 사냥꾼들에
의해 경작지를 잃은 터라 분노는 엄청났지. 생존자는 결국
윈드렉스 한 명으로 끝났다네.]

해골의 엠프레스는 그 사건 직후 자신들을 포함한 모든
쉬프터들의 신체구성요소에 '암호화'가 걸린 것을 기억해
냈다.

그러나 당시 그녀는 암호화의 이유를 자신들의 호칭이
바뀌는 것처럼 주인의 취향 정도로 치부하고 넘어가버렸
다.

엠프레스는 그러한 자신의 안이함을 용서할 수가 없었
다.

진실의 일부를 듣게 된 그녀는 자신과도 친했던 윈드렉
스의 엠프레스를 떠올렸다.

[윈드렉스님을 보좌했던 엠프레스는… 그 동포는… 그
아이는 총명했습니다. 사이악스님처럼 탐구심이 깊었지요.
무엇이든 그냥 넘어가는 법이 없었고, 덕분에 윈드렉스님
의 경작지에서는 창조주급 신들이 아우터갓으로 개화하여
반란을 일으키는 경우가 단 한 번도 없었습니다. 그런 아이
가 그렇게 주인님의 곁으로 가버리다니……!]

프라이오스는 슬픔에 젖은 엠프레스를 가만히 바라봤다.

[자네에게 있어서 힘든 이야기는 이제부터일세.]

[예?]

[가장 먼저 사냥꾼에게 침식되어 조종당한 어린 동포가 바로 윈드렉스의 엠프레스라네.]

엠프레스의 몸이 크게 떨렸다.

[사냥꾼이 그 아이를 노렸다는 말씀이십니까?]

[그렇다네. 그놈은 그 엠프레스를 거치면서 윈드렉스 휘하의 모든 동포들을 해석해 버렸지. 그리고 그놈 자신이 윈드렉스인양 행동하며 동포들을 조종한 것이네.]

[그놈이 누구입니까? 프라임께서는 아실 겁니다! 부디 가르쳐주십시오!]

프라이오스는 거기까지 말을 할 수가 없었다.

그가 지적한 '놈'이라는 것은 다름 아닌 하얀 우주의 의지였다. 사냥꾼의 힘을 가지고 있으면서 자신들에게 직접 악의를 가지고 지능적으로 행동하는 존재는 그뿐이었다.

윈드렉스의 엠프레스는 해골의 엠프레스가 이야기했던 것처럼 상당히 총명했다. 주인마저도 프라임들에 가까운 재능의 소유자라며 아꼈을 정도였다.

그러나 그 빛나는 재능은 경작지에 숨어서 아우터 갓들을 양산하다가 실패를 거듭하던 하얀 우주의 의지를 직접 추격하여 대적까지 벌이는 상황을 만들었다.

그리고 그 결과는 불행으로 이어지고 말았다.

[아무튼 윈드렉스의 존재가 사라졌네.]

[그건 더욱 말이 되지 않습니다! 이 우주에서 프라임들을 해할 수 있는 존재가 대체 누구란 말입니까?]

[그 친구가 어떻게 됐다는 이야기는 아닐세. 마지막으로 목격된 장소가 사이악스의 경작지였으니 그곳에서 시간을 보내고 있겠지. 일반 동포인 것처럼 행세하면서 말일세. 주인께서는 말이 없으시고 사이악스는 부정하고 있네만 날 속일 수는 없지.]

거기서 프라이오스는 한숨을 쉬었다.

[윈드렉스는 고독을 견디지 못하는 성격일세. 나약하다면 나약한 부류에 속하지. 내 경우와 차이가 있다면 난 몇 명의 동포를 잃고 전 우주의 생명체를 희생시킨 멍청이이고, 그 친구는 반대로 모든 동포들을 희생시키고 전 우주의 생명체를 지켜낸 자라는 것이지. 그는 나와 달리 악몽으로 변하지 않았네.]

프라이오스는 잠시 말을 끊고 시간을 보냈다.

[하지만 이후의 시간이 악몽과도 같았겠지. 혼자가 되어 버렸으니까.]

[윈드렉스 프라임께서 몸을 숨기신 것은 괴로움을 달래시기 위함입니까?]

[그렇긴 한데… 불안하군. 그 친구가 돌발행동을 하지 않기를 바랄 뿐일세. 프라임끼리는 예상이 안 되니까 말이야.]

프라이오스는 괴로웠다.

그는 자신이 과거에 그 하얀 우주의 의지를 붙잡아 격퇴했다면 일이 여기까지 번지지 않았을 것이라 후회하고 있었다.

그의 눈에 들어와 있는 해골의 엠프레스는 아끼는 후배를 비극적으로 잃었다는 사실로 인해 슬퍼하고 있었다.

프라이오스가 이윽고 말했다.

"파르페를 좀 만들어주지 않겠나?"

프라이오스는 그녀가 직접 만드는 파르페라는 것을 매우 좋아했다. 당분이 섞인 음식을 찾던 그에게 파르페를 소개한 장본인이 바로 해골의 엠프레스였다.

해골의 엠프레스 역시 입장에 어울리지 않게 파르페를 만드는 사소한 일을 즐기고 있었다.

자신이 만들어온 파르페를 먹는 프라이오스의 모습을 다른 퀸들에게 절대로 보여주지 않을 정도였다.

"어떠한 맛을 원하십니까?"

"맛은 자네에게 맡기지. 대신 두 개를 만들어오게."

"알겠습니다."

그가 두 개 이상의 파르페를 먹은 적이 없었기에 해골의 엠프레스는 의아해하면서도 자신의 개인 공간으로 이동했다.

조금 뒤 프라이오스의 주문대로 두 개의 파르페를 만들어온 엠프레스는 창문 바로 앞에 긴 의자를 만들어놓고 그 위에 앉아 있는 프라이오스를 목격했다.

둘은 그 자리에 나란히 앉았다.

프라이오스는 건네받은 파르페들 가운데 하나를 그녀에게 건네주었다.

이후 둘은 가면의 절반을 걷고 파르페를 먹었다.

자신이 만든 파르페를 처음 먹는 기회를 갖게 된 엠프레스는 헛웃음을 터뜨렸다.

"이렇게 맛없는 것을 여태껏 말없이 드셨군요."

"그러게 말일세."

맛은 프라이오스가 직접 만드는 것이 훨씬 뛰어났다. 그 수준은 사이악스가 '우주최고'라고 할 정도였다.

반면 엠프레스가 만들어온 파르페는 그냥 달고 시원하기만 할 뿐, 풍성하게 섞인 다른 재료들의 맛과 향이 미미한 물건이었다.

"하지만 싫진 않아."

"……."

프라이오스는 그 파르페의 일부를 우물거리며 말했다.

"내가 놈을 잡을 것이네. 반드시. 아니, 내가 잡아야만 하네."

숟가락을 움직이는 그의 손이 빨라졌다. 엠프레스에게는 그 어린아이 같은 모습이 가슴 아프게 다가왔다.

"놈은 우리처럼 짊어지려 하지 않아. 그처럼 아무런 책임도, 처벌도 받지 않는 난폭자를 내버려둘 수는 없네. 그리고 그런 놈을 지금까지 방치한 나 역시 벌을 받아 마땅하겠지."

"……."

"내가 잡아야 하고 내가 책임져야 하네. 다른 형제들과 동포들에게 그러한 일을 맡길 수는 없네. 그러한 일을 하는 것은 나 하나로 충분하네."

"프라임께서는 아직 하실 일이 많습니다."

프라이오스가 그녀 쪽으로 고개를 반쯤 돌렸다.

"죽음을 각오한 자를 보듯이 행동하는군."

슬퍼하지 말라는 말은 하지 않았다. 그는 우주를 완파시킨 이후 그렇게 자신을 자제하고 있었다.

"제 곁에 프라임께서 계시지 않는 것을 상상할 수 없기에 그렇습니다."

"상상력이 부족한 것일세."

그 말을 던지고 열심히 먹는 프라이오스와 그 말을 들은 이후 한 입도 먹지 못하는 엠프레스의 모습을 우주가 지켜보고 있었다.

우주에 비해, 그들은 너무나 작은 존재였다.

"그렇게 말씀을 하시니 여성들에게 인기가 없는 겁니다, 프라임이시여."

"……."

"주인님께서 그때 하신 말씀을 제가 지금 할 줄은 몰랐습니다."

"자네는 내가 여자들에게 인기가 있기를 바라는가?"

"아니요."

그녀의 즉답에 프라이오스가 숟가락을 멈췄다.

"큭큭……."

프라이오스는 분홍색 과자가 섞인 액체를 입가에 잔뜩 묻힌 채 짓궂게 웃었다.

엠프레스는 자신의 망토를 들어 그의 입가를 닦아주었다.

"제가 계속 곁에 있을 것입니다, 프라임이시여."

프라이오스는 특별한 대꾸 없이 파르페를 계속 먹었다. 엠프레스도 늦게나마 숟가락을 움직였지만 너무 맛이 없었던 관계로 속도는 나지 않았다.

"내가 없어도 사이악스가 잘 해줄 것일세."

프라이오스가 툭 던진 한마디에 엠프레스의 모든 것이 정말로 회색이 되었다.

그녀의 옷부터 가면까지 그렇게 변하자 프라이오스는 손으로 그녀의 머리 위를 만져주었지만 엠프레스가 받은 충격은 이후 며칠 동안 유지되었다.

프라이오스의 가면에 꽂힌 엠프레스의 숟가락 역시 그녀가 직접 뽑아주기 전까지는 계속 유지되었다.

그리고 얼마 뒤.

"사이악스 프라임께 큰 기대를 걸고 계시는군요, 프라임이시여."

엠프레스는 의자에 앉은 프라이오스의 옆, 정확히는 어깨 쪽에 상반신을 밀착한 채 숟가락을 뺐다. 신장과 체구의 차이가 커서 어쩔 수 없는 상황이었다.

파괴가 불가능한 프라임의 가면에 숟가락이 쉽게 꽂힌 것도 그랬지만 프라이오스가 그걸 꽂은 채로 어린 동포들 앞에서 집무를 본 의미를 알고 있는 해골의 엠프레스는 그에게 상당한 미안함을 느끼고 있었다.

"기대라. 그렇지."

가면의 구멍을 간단히 재생시킨 프라이오스는 자신의 무릎 위에 걸터앉아 있는 엠프레스를 직접 들어 옆에 내려놓은 뒤 자리에서 일어났다.

"내가 '놈'이라면 분명 사이악스를 노릴 것일세."

"그렇습니까?"

"놈은 극단적인 성격의 프라임들만을 건드리고 있거든. 사이악스는 그중에서 최고지."

"저번에는 같은 이유로 파이록스님을 지목하셨습니다."

"……."

엠프레스는 프라이오스의 가면이 재생된 부위를 손으로 만지고 살펴보며 이야기를 계속했다.

"사이악스 프라임을 모시고 있는 엠프레스는 융통성이 조금 부족하긴 해도 착실한 아이입니다. 그것만 보더라도 사이악스 프라임님을 걱정하실 필요는 없을 것이라 생각합니다."

"당연한 이야기가 아닌가? 그 동포라도 정신이 멀쩡해야 그쪽 경작지가 돌아갈 테니까."

해골의 엠프레스는 그것이 자신에게도 적용되는 사항이라며 울부짖고 싶었다.

"음, 그러고 보니 그 엠프레스는 서열이 세 번째가 됐는데도 특별한 별명이 없군. 2번 경작지… 파이록스의 엠프레스는 스카(Scar:흉터)라고 불리지? 과연, 자네 다음으로 강인한 동포라 평가받는 존재의 별명답군."

"본인은 '마리앙느'라고 불러주길 원하지요."

"……."

"물론 그렇게 부르는 아이들은 아무도 없습니다."

"여러모로 다행이군."

"하지만 3번 경작지의 엠프레스는 특별한 별명이 없습니다. 방금 전에 말씀드렸듯이 융통성도 부족하고 항상 일을 중요시하지요. 귀엽지도 않고 말입니다."

프라이오스는 그녀가 뒤에 덧붙인 말을 지적하지 않기로 했다.

"흠, 보수적이라는 말이로군."

"그냥 착한 아이입니다."

"……."

잠깐 할 말을 잃었던 프라이오스는 다시 의식을 가다듬었다.

"음, 착한 것도 쉬운 법이 아니지. 그야말로 사이악스에게 어울리는 엠프레스가 아닌가?"

"프라임께서 그렇게 평가하신다면 제가 특별히 드릴 말씀은 없군요."

"말에 뼈가 느껴지는데……?"

"……."

"아무튼 사이악스의 생각에는 항상 이유가 있었지. 지켜보세."

"알겠습니다, 프라임이시여."

프라이오스는 팔짱을 끼고 생각에 잠겼다. 해골의 엠프
레스는 곁에서 그 모습을 지켜봤다.

"음, 하지만 아무리 생각해도 이해가 안 되는군. 아니, 내
가 너무 꽉 막힌 것인가? 이것이 나의 부족함인가?"

프라이오스가 1시간 정도 있다가 갑자기 말을 하자 엠프
레스가 의아해했다.

"무슨 말씀이십니까, 프라임이시여?"

"마리앙느는 좀 아니잖아?"

"……."

엠프레스는 눈앞이 순간 아뜩했으나 그것이 프라이오스
의 스타일이었기에 꾹 참았다.

"다른 어린 동포들이 지금 하신 말씀을 듣지 않아 다행입
니다."

"물론일세. 다들 나와 마찬가지로 혼란에 빠졌겠지. 마
리앙느? 도무지 모르겠군."

그런 뜻으로 이야기한 게 아니었던 해골의 엠프레스는
문득 황색의 빛 한줄기가 프라이오스의 앞으로 스르르 움
직이는 것을 목격했다.

"프라임이시여."

"음, 봤네."

그냥 가만히 있기 심심해서 농담을 던졌던 프라이오스는 자리에서 일어났다.

"마침 사이악스가 회의를 건의했군. 난 다른 프라임들에게 회의 개최를 전달할 테니 자네는 다음 서열의 퀸 클래스에게 본거지와 경작지의 관리에 대한 도움말을 전하고 다시 이곳으로 오게."

"따르겠습니다, 프라임이시여."

엠프레스의 모습이 집무실에서 사라졌다.

CHAPTER 101
지키는 자(中)

해골의 엠프레스와 함께 회의장에 도착한 프라이오스는 자신의 자리에 놓여 있는 두 개의 부싯돌과 파이록스를 번갈아 바라봤다.

"이번에도 일찍 왔군."

"난 충실한 성격일세."

파이록스가 쏘아붙였다.

프라이오스는 자리에 앉은 뒤 부싯돌 하나를 들어 이리저리 살펴봤다.

"자네 경작지에는 별일이 없나? 우리 경작지에는 얼마

전에 무한의 침묵이라는 놈이 굶주린 채로 침범해 왔네."

"아우터 갓 말인가? 어찌했나?"

아무리 악감정이 남아 있다 해도 파이록스는 그러한 일에까지 사심을 섞는 성격은 아니었다.

"적당히 타일러서 돌려보냈네."

"흥, '그 사건' 이전의 자네였으면 박살을 내서 경작지 주변에 뿌려버렸을 텐데 말일세. 많이 변했군."

"그가 동포들이나 경작지 내의 신계를 건들지는 않았거든. 그렇게 돌려보내는 것이 차라리 낫지."

"녀석이 우리 경작지에 온다면 내가 쳐 죽일 것이네."

큰 목소리로 선언한 파이록스의 가면에서 황금색 빛이 떨어졌다.

"너무 그러지 말게. 경작지나 동포들에게 해를 끼치지만 않으면 그냥 지나가는 식도락가 정도로 생각하고 넘어가게."

적당히 이야기를 한 프라이오스는 파이록스가 놓아둔 부싯돌을 씹어 먹었다.

"오늘은 왠지 맛이 괜찮군. 이것도 익숙해져서 그런가?"

"순도가 높은 광물일세."

"기분 좋은 일이라도 있었나 보군."

"별로. 그리고 딱히 자네를 위해서 고른 부싯돌은 아닐세."

프라이오스는 자신으로부터 고개를 휙 돌리는 파이록스를 가만히 바라보며 부싯돌을 계속 씹었다.

"자네가 딱히 다른 이를 위해서 부싯돌을 고른 적이 있기는 한가?"

"……"

괜한 말을 덧붙였다가 역으로 궁지에 빠진 파이록스는 대꾸할 말을 찾지 못했다.

그를 구원하듯, 다른 프라임 한 명이 자신의 엠프레스와 함께 회의실 안으로 들어왔다.

"오랜만이로군, 형제들이여."

기척은 낯익었지만 목소리는 낯설었기에 프라이오스와 파이록스가 동시에 고개를 돌렸다.

복장과 가면은 분명 프라임의 것이었으나 체형이 전혀 다른 자가 그들에게 손을 흔들고 있었다.

그 프라임은 무려 여성의 모습을 하고 있었다.

"뉘시오?"

프라이오스가 당황하여 묻자 그 여성형 프라임이 움찔했다.

"세타로스일세! 너무하군!"

"우리가 받은 심적 충격을 따졌을 때는 자네가 더 너무한 것 같은데?"

프라이오스가 불처럼 지적했다.

"주인께서 구체화시켜주신 우리의 모습을 자네가 왜 멋대로 바꾸는가? 취향? 취향인가? 단지 그런 이유인가?"

"주인께 허락을 받은 모습일세! 칭찬도 해주셨단 말이네!"

"당황스럽군!"

프라이오스가 자리에서 벌떡 일어났다. 그 기세에 세타로스의 엠프레스가 압도되어 몸을 숙였다.

"파이록스여, 자네도 뭐라고 한마디 하게!"

"아니, 좋지 아니한가?"

무심코 본심을 꺼낸 파이록스는 부싯돌 사건 이후 처음으로 프라이오스에게 멱살을 잡혔다.

"나에게 부싯돌을 주듯이 추궁하란 말일세! 전통을 옹호하고 유지하려는 자네의 성격은 어디로 갔단 말인가?"

"큭, 자네는 나에게 뭐라고 할 권리가……!"

"날 똑바로 보고 이야기하게!"

결국 세타로스가 둘을 손으로 밀었다.

"나 때문에 싸우지 말게!"

"무슨……!"

세타로스 쪽으로 고개를 돌리던 프라이오스는 순간 온몸이 굳어졌다. 그의 반응에 깜짝 놀란 파이록스도 회색으로 변색되었다.

다른 프라임 전원이 문 밖에 모여 선 채로 그 꼴을 보고 있었다.

"이젠 프라임들끼리 치정으로 싸우는 모습까지 보는군."

"성별을 바꾼 세타로스가 문제인가, 아니면 다른 두 명이 문제인가?"

"프라이오스가 일방적으로 멱살을 잡고 있는 모습을 보아하니 파이록스가 둘의 사이에 끼어들었겠지."

"음, 대충 그림이 그려지는군. 프라이오스는 순정파니까."

"뭐든 가지려 하는 자. 그 이름은 파이록스. 후후."

프라임들이 중얼중얼하며 입장한 후, 사이악스가 가장 마지막에 들어오며 자신의 가면 밑 부분을 만지작거렸다.

"회의의 제안은 내가 했지만 주인공은 따로 있었군."

"……"

프라이오스와 파이록스는 조용히 자리에 앉았다.

프라이오스는 뻔뻔히 자세를 유지했으나 파이록스는 얼마 못가 두 손으로 가면의 앞부분을 가리며 몸을 숙였다.

[프라이오스여, 자네는 창피하지 않은가?]

[이제 내가 무슨 짓을 저질러도 다들 그러려니 하지 않나?]

[역시 자넨 심지가 굳군.]

파이룩스가 진심으로 감탄했다.

[심지라기보다는… 제법 오래전에 깨달은 것이 있네.]

[무엇인가?]

[왠지 이런 게 내 역할인 것 같더라고.]

[……]

둘이 진지하게 정신감응을 하는 한편, 문제의 원인인 세타로스는 몸의 앞부분까지 완벽히 감싸주는 프라임의 하얀 망토를 좌우로 벌리며 즐거워했다.

"어떠한가? 어울리는가? 주인님께서 특별히 허락해 주셨네! 이 모습을 통해 나의 오랜 고민이 해결되었지!"

모든 프라임들 가운데 가장 신중하고 가장 심약한 세타로스가 엠프레스의 지적에 큰 부담감을 느껴왔다는 것은 모든 프라임들이 다 알고 있었다.

그러나 그가 오직 엠프레스에 대한 부담을 떨치기 위해서 성별을 바꿨다는 사실은 제법 시간이 흐른 뒤에 열린 회의에서 밝혀졌다.

그렇기에 지금은 모두 어이없어할 뿐이었다.

"형제들이여. 주인님의 위대한 결정일세."

프라이오스가 엄중한 목소리로 말했다.

"역시! 프라이오스는 모두의 형님, 아니 큰 오라버니답게 알아줄 거라 생각했네!"

세타로스가 프라이오스의 목을 껴안고 매달렸다.

"……."

가볍게 굳어버린 프라이오스는 다른 프라임들뿐만 아니라 프라임들과 함께 온 엠프레스들까지 자신을 바라보고 있음을 감지했다.

"회의를 시작하겠네, 동포들이여. 엠프레스들은 자리를 비우도록."

"예, 프라임이시여."

해골의 엠프레스를 선두로 퇴장하는 모습까지는 평소와 동일했다.

"아, 실망."

그러나 문이 닫히기 직전에 들린 어떤 엠프레스의 목소리가 프라임들의 분위기를 바닥으로 떨어뜨렸다.

특히 목소리를 낸 엠프레스가 누구인지 가장 잘 아는 파이록스는 수치심을 견디지 못하고 가면에서 검은색의 빛을 뚝뚝 흘렸다.

프라이오스는 그러한 파이록스를 보며 한숨을 쉬었다.

"자네가 만약 악몽으로 변한다면 명예를 수습할 기회조차 사라질 것이네."

"명예가 닳고 달아 사라져 버린 자로서의 조언인가? 새

하얗고 평평한 도화지가 나에게 말을 걸고 있군!"

"고작 이런 일에 달아 빠질 명예라면 없어지는 것이 낫겠지."

프라이오스의 말에 프라임들의 분위기가 바뀌었다.

"지금 의장이 왠지 옳은 말을 한 것 같은데?"

"정말 많은 것을 보는 날이군."

"큰 오라버니다운 말씀이네."

모든 프라임들이 잠깐 세타로스를 봤다.

"너무 그러지들 말게. 우리 의장은 농담을 자주 하긴 하지만 헛소리를 하는 자는 아닐세."

사이악스가 웃음소리를 섞어 충고했다.

"당연한 말을 새삼 강조하는군."

프라임들은 사이악스의 말에 자연스레 동의했다.

오랜만에 인정을 받았지만 프라이오스는 파이록스에게 신경을 쓰느라 그들의 대화를 제대로 듣지 못했다.

"그만 하게, 파이록스여. 유쾌한 것도 정도가 있는 법일세."

"으으음……."

프라이오스의 조언에 따라 파이록스의 빛이 수습되었다. 겨우 진정한 파이록스는 앉은 자세도 바르게 다듬었다.

"자네에게 무례한 말을 던진 엠프레스의 일은 다른 엠프레스들이 알아서 충고를 해줄 것이네. 그녀들만의 방식이라는 것이 있으니 말일세."

"알고 있네."

파이록스는 프라이오스의 엠프레스가 다른 모든 엠프레스들의 선배로서 그들을 관리하고 있음을 알고 있었다.

프라임들이 워프 드라이브를 알게 된 후 프라임들의 회의는 비교적 자주 개최되었다. 그리고 엠프레스들이 정식으로 배치된 뒤로 프라임들의 회의는 곧 엠프레스들의 비공식적인 회의나 다름없게 되었다.

비록 복도에 모여서 두런두런 이야기를 하는 것에 불과했지만 그 와중에 나오는 모든 이야기는 제법 진지했다. 다른 일반 쉬프터들을 다루는 방법과 경작지를 관리하는 방법에 대한 도움과 논쟁이 끊이지 않았다.

그 비공식 회의를 주관하는 자는 해골의 엠프레스였다.

프라임들을 제외한 일반 쉬프터들 가운데 가장 오랫동안 우주에서 살아온 그녀는 다른 엠프레스들을 포함한 모든 일반 쉬프터들에게 있어서 살아 있는 백과사전이나 다름없었다.

"그래, 마리앙느였던가?"

자신의 엠프레스가 피곤할 정도로 추구하는 그 별명을 기습적으로 들어버린 파이록스는 다시 기운이 빠졌다.

"자네가 그 별명을 어찌 알고 있나? 우리 경작지에 첩자라도 심었나?"

"조금 전에 우리 쪽 엠프레스에게서 들었지. 아무튼 신경 쓰지 말게. 프라임답게 모든 것을 받아들이게."

"신경 쓰지 말라고? 나와 가장 긴 세월을 함께 보낸 어린 동포가 무려 실망이라는 말을 했네!"

"말로 끝났으니 다행이군. 난 얼마 전까지 가면에 숟가락을 꽂은 채로 일을 해야 했다네."

그 말에 파이록스는 너무 어이가 없어서 한참 동안 말을 하지 못했다.

"하필 왜 숟가락인가?"

"마침 그때 엠프레스가 손에 쥐고 있던 도구였기 때문이지. 다른 때였으면 아마 종이학을 꽂았을 것이네."

"종이학?"

"음, 실은 그것이……."

"흠."

사이악스가 크게 헛기침을 했다. 경고였다.

"나중에 이야기하세. 약속일세."

파이록스가 당부를 하며 몸과 마음을 가다듬었다. 프라이오스는 왜 그 다음 이야기를 못 들어서 안달이냐는 투로 파이록스를 쳐다보다가 그 자신도 자세를 바로 했다.

"그럼 본론으로 들어가세. 회의를 제안한 이유는 무엇인가, 사이악스여?"

프라이오스가 물었다.

가까스로 이야기 할 기회를 얻은 사이악스는 우선 안도의 한숨을 쉬었다.

"새로운 방식의 경작지를 만들 수 있을 것 같네."

"그런가? 경작지 전체를 말하는 것인가, 아니면 신계 하나를 말하는 것인가?"

"좋은 지적이군. 신계 하나일세."

"신계 하나?"

"잘하면 수확량을 대폭 늘릴 수 있을 것일세."

"잘하면… 이라. 못하면?"

"갈아엎어야겠지."

아주 당연한 대답이 사이악스의 가면 밖으로 나오자 프라이오스는 일단 특별한 반응을 보이지 않았다. 하지만 겉으로만 그럴 뿐, 속으로는 사이악스가 어째서 그러한 말과 행동을 했는지 생각하고 있었다.

"자네가 '시계'의 시작품을 들고 회의장에 나타났을 때가 떠오르는군. 그때 주인께서 자네에게 하신 말씀을 기억하는가?"

프라이오스가 묻자 사이악스는 가볍게 웃었다.

"물론일세. 우선 충분한 검증을 거친 뒤에 들이대라고 하셨지."

"그 거친 표현까지 잘 기억하고 있군. 그렇다면 다시 묻겠네. 몇 번이나 실험했으며 얼마나 실패했나?"

"실패는 없었네. 한 번도 실험하지 않았거든."

"하아."

프라이오스가 크게 한숨을 쉬었다.

그가 뭐라고 말하기 직전, 사이악스의 옆에 앉아 있는 세타로스가 손을 들었다.

"함부로 실험할 수 있는 일이 아니지 않은가, 프라이오스여?"

"……."

"경작지를 가지고 실험을 하는 것은 큰일일세. 하나의 신계에서 삶을 누리는 존재들이 몇이나 되는지 자네도 알지 않나? 흥미를 위해서 그들의 시간과 목숨을 이용하는 것은 말이 되지 않네. 그리고 사이악스는 그들의 가치를 잘 아는 프라임일세."

세타로스의 발언에 파이록스가 코웃음을 쳤다.

"흥, 자네는 항상 그런 식이지. 우리가 사냥꾼들 때문에 경작지 간의 표준사항을 정할 때도 자네는 일단 반대부터 했다네. 그때 자네의 의견을 듣고 경작지를 바꾸지 않았다면 지금쯤 어찌 됐을까?"

"으, 하지만……!"

"그만 하게."

프라이오스가 그들의 대화에 개입했다.

"내 앞에 부싯돌을 놓아도 좋고 칼자루를 놔도 상관없네만 회의에서 다른 프라임의 의견을 무시하는 것은 삼가게."

"자네야말로 극단적인 말을 하는군. 세타로스는 너무 소극적일세. 조언이 필요하단 말일세."

"소극적이라고? 그렇지 않다네, 형제여."

프라이오스가 파이록스를 보며 무거운 목소리로 말했다.

"세타로스는 자신의 생각을 모두의 앞에 솔직히 내놓는 용기를 가진 형제일세. 회의 내내 잘난 듯이 잠자코 있다가 인사만 하고 자신의 위치로 돌아가는 형제들보다는 훨씬 낫지."

"……."

"아, 이젠 자매인가?"

프라이오스가 농담처럼 덧붙인 말은 경직될 뻔했던 회의장의 분위기를 다시 녹여주었다.

"어쨌든 나는 사이악스가 그러한 구상을 한 이유만은 이해한다네."

"이해한다고?"

세타로스가 깜짝 놀랐다.

"그렇다네. 자네들도 알다시피 사냥꾼들의 공격에 사라진 경작지가 지금까지 무려 여덟 곳이네. 최근에는 순찰을 맡은 많은 형제들과 어린 동포들의 결사적인 노력 덕분에 기습을 당하는 일은 없어졌지만 줄어든 수확량을 보충하지는 못하고 있네."

"하지만 주인님께서는 수확량을 강제하시거나 할당하신 적이 없네."

세타로스의 말에 프라이오스는 알고 있다는 듯 천천히 고개를 끄덕거렸다.

"그렇다네, 형제… 아니 자매여. 하지만 이 우주의 확장 속도는 확연히 줄어들었고 경작지 외부의 세계들은 상승한 밀도로 인해 서로 무역을 하거나 정복을 하는 일까지 벌어지고 있네. 물론 경작지 외부의 일인만큼 우리가 개입할 일은 없을 것이네."

프라이오스의 의지가 황색 빛으로 변해 손을 거쳐 탁자에 흘러들어갔다.

탁자 중앙에 있는 반구형의 구조물로부터 빛이 올라와 우주 전체의 간략한 정보를 표시했고 모든 프라임들이 그 자료를 자세히 살펴봤다.

"밀도는 아직 위험수준에 한참 못 미치지만 그렇다고 손을 놓고 있을 수는 없지."

프라이오스가 말하자 또 다른 프라임이 그에 응답하듯 고개를 움직였다.

"위험수준에 도달하려면 경작지 기준으로 약 6조 9천억 년의 시간이 소요되는군. 상황에 변함이 없다면 말일세."

설명을 덧붙인 자는 본래 3번 경작지를 운영하다가 사냥꾼들에게 당해 순찰 역할을 맡은 프라임, 터베러스였다.

프라이오스는 그의 발언이 매우 반가웠다. 터베러스는 방금 프라이오스가 지적했던, '회의 내내 잘난 척 침묵하는 프라임' 들의 대표자 겸인 존재였다.

"오오, 터베러스여."

프라이오스가 그의 이름을 불렀다.

"왜 그러는가?"

터베러스가 프라이오스를 응시했다.

"자네의 목소리를 무려 317억 4,991년 만에 듣는군. 연도 이후의 시간단위는 자네 마음이 아플까 봐 걱정되어 생략했네."

"아… 미안하군. 고맙네."

터베러스가 즉각 사과한 이유는 프라이오스가 이야기한 시간 때문이었다.

그 시간은 터베러스가 자신의 경작지와 대다수의 어린

동포들을 잃어버린 이후 흘러버린 시간과 일치했다.

터베러스가 고마움을 표한 이유는 그 망각의 세월을 정확히 세고 있는 프라임이 오로지 자신과 프라이오스뿐이었기 때문이다.

"잠시 말이 샜군."

프라이오스가 다시 모든 프라임들에게 고개를 돌렸다.

"새로운 경작지를 만드는 것도 좋겠지만 순찰을 맡은 프라임들의 숫자가 줄어들면 다시 사냥꾼에 의한 파괴가 일어날 것이네. 안전의 문제를 따졌을 때 사이악스처럼 경작지 내의 신계에 새로운 설계를 적용하여 수확량을 증가시키는 것도 현명한 방법일 수 있네."

프라이오스가 쓴 가면의 틈새가 잠깐 빛났다.

"물론 책임은 사이악스 스스로가 지겠지만 말일세."

"여부가 있겠나?"

사이악스가 고개를 끄덕거렸다.

"마침 내 경작지에 재미있는 상황이 일어났네. 간섭이 일어날 만큼 가깝게 위치하고 있던 세 개의 신계가 거의 같은 시간에 세대교체를 맞이하려 하고 있지."

이번엔 사이악스의 손에서 빛이 떠났고 탁자 위에는 신계 세 개의 모습이 떠올랐다.

그중에서 한 신계의 모습이 모두의 눈을 자극했다.

"위그드라실?"

프라이오스가 그 신계의 이름을 말했다.

"저 어처구니없는 구조의 신계를 아직도 내버려 두고 있단 말인가?"

프라이오스는 그 특이한 형태의 신계를 똑똑히 기억하고 있었다. 사이악스가 신기한 일이 일어났다며 위그드라실의 자료를 들고 자신의 경작지를 방문한 덕분이었다.

프라이오스는 오래 놔둬서 좋을 것 같진 않다고 조언했지만 강요하진 않았다. 사이악스의 경작지에서 일어난 일일 뿐더러 사이악스가 그렇게 대놓고 즐거워하는 모습을 실로 오랜만에 봤기 때문이었다.

"기형적이라는 이유로 갈아엎기에는 아깝지 않나? 항성계를 기반으로 하는 경작지의 기본 규칙에서 완전히 벗어난 모습의 신계일세. 게다가 무사히 번영했고 여전히 건강하다네. 특히 저 거대한 나무의 형태는 신선하고 인상적이지."

사이악스는 지금도 여전히 흥겨워하고 있었다.

"경작지는 자네의 사적인 박물관이 아닐세. 수많은 생명체들의 터전일세. 그리고… 예상되는 수확량은 형편없네만?"

프라이오스가 지적하자 사이악스가 다시 끄덕였다.

"규모는 세 개의 신계 중에서 가장 작다네. 신들의 숫자도 매우 적지. 하지만 평행세계 같으면서도 그렇지 않은 저 '다층방식'의 구조가 신계의 크기에 비해 꽤 훌륭한 수확량을 예상케 하고 있네. 난 이 구조에서 영감을 얻었지."

확실히, 예상되는 수확량은 프라이오스의 말대로 형편없었지만 규모 대 수확량의 비율을 따지자면 일반적 구조의 신계에 비해 무려 1.5배에 가까웠다.

"다층방식을 처음 시도해 봤던 형제가 세카르포스였지?"

"그렇다네. 경작지의 표준이 정해지기 전의 일이었지."

프라임, 세카르포스가 손을 들고 고개를 끄덕였다.

"하지만 더 이상 거론하지 말았으면 하는군. 그것은 나에게 있어서 치욕의 기억일세. 다층방식이라는 용어 때문에 뭔가 있어 보이지만 실은 그렇지 않거든."

"그런가."

프라이오스가 짧게 응하고 말아버리자 세카르포스가 움찔했다.

"달리 궁금한 것은 없나? 보충설명이라든가……."

"방금 거론하지 말아달라고 하지 않았던가?"

프라이오스가 쏘아 붙였다.

다층방식에 관한 것은 세카르포스 본인이 작성한 관찰일지와 보고서만으로도 충분했고 또 그 모든 것들은 프라이오스의 기억 속에 뚜렷이 남아 있었다. 그런 이유로 인해 프라이오스가 굳이 질문을 하거나 설명을 요구할 필요는 없었다.

핀잔을 들은 세카르포스는 고개를 숙였고 프라이오스는 그를 내버려둔 채 회의를 계속 진행했다.

"자네가 짠 계획을 듣고 싶군. 사이악스여."

"내가 짠 계획은 아닐세."

사이악스의 대답에 프라이오스가 고개를 살짝 기울였다.

"도움을 준 자가 있었다는 뜻인가? 만약 그렇다면 그 부분은 솔직하게 말해야만 하네."

"도움도 아닐세."

"그렇다면?"

"발견일세. 위그드라실의 창조주, 주신 오딘은 굉장히 창의적이지. 그는 세 개의 신계를 이어받을 자들을 한 자리에 두려 한다네."

그러자 프라임들이 웅성거렸다. 프라이오스 역시 팔짱을 끼고 고민했다.

"후대 창조주들을 한 자리에 모아봤자 그 오딘이라는 작자가 앉아 있을 자리는 없을 텐데? 살아 있는 옛 창조주의 경우는 단 한 번도 없었다네."

"물론 그의 계획은 한없이 어설프다네. 그래서 내가 좀 도움을 주려하고 있지. 오딘이 살아남을지, 아니면 자신을 창조한 존재처럼 세계의 밑거름이 될지는 하기 나름일 것이야."

"만약 살아남는다면?"

프라이오스가 물었다.

"그 또한 즐거운 요소가 되겠지."

"흠."

사이악스의 탐구심과 창의성은 프라이오스는 물론 다른 모든 프라임들이 인정하는 바였다. 물론 사이악스가 그러한 성격을 발휘할 때마다 좋은 일만 있었던 것은 아니었기에 인정하는 마음만큼이나 깊은 걱정도 뒤따랐다.

"세 명의 창조주가 함께 만드는 세계라면 규모도 상당하겠군."

세타로스가 말했다. 사이악스는 고개를 대각선으로 움직였다.

"규모도 규모지만 무엇보다 생산량이 다를 것이네. 세 명의 창조주가 부리는 부하들은 각자의 이념에 따라 충돌할 것이고, 그 충돌은 어마어마한 동력을 자아낼 것이네. 인간들끼리 전쟁을 벌여서 만들어내는 동력과는 격이 다르겠지. 20년 안팎을 살아온 존재들의 죽음과 수백, 수천 년을 살아온 존재들의 죽음은 수확량의 차이가 굉장하지."

"모든 존재들이 끊임없이 투쟁하는 세계란 말인가? 분명 자네 말대로 수확량은 상당해지겠지만⋯ 잔인하네."

사이악스의 설명을 들은 세타로스는 예전보다 작아진 자신의 몸을 부르르 떨었다.

프라이오스는 제법 괜찮은 제안이라고 생각하면서도 한편으로는 걱정이었다. 너무 급진적인 방법이기 때문이었다.

'사이악스가 발견을 했다는 것은⋯ 그도 저러한 상황이 만들어질 것이라고는 생각 못했다는 말이겠지. 발견이란 그런 것이니까.'

그는 저 일의 기점에 '하얀 우주의 의지'가 있을지도 모른다고 생각했다. 자신이 아네라를 '발견'했을 때와 느낌이 비슷했기 때문이다.

프라임들의 성격에 맞춰진 자극제. 하얀 우주의 의지가 놓는 함정은 대게 그런 것이었다.

'말려야 하나? 아니, 오히려 좋은 기회일수도 있겠어. 역으로 그 하얀 녀석을 고립시킬 수 있는 최고의 덫이 될지도 몰라.'

프라이오스가 검지로 탁자를 두드렸다.

"알았네. 그렇다면 모든 프라임들이여. 자유롭게 의견을 제시해 보게."

이후 프라임들의 회의가 격렬해지는 한편, 회의장 밖에 위치한 대형 로비에 모여 있는 엠프레스들은 해골의 엠프레스에게 붙잡혀 고문을 당하고 있는 '스카' 엠프레스를 구경하고 있었다.

해골의 엠프레스는 자신의 두 주먹 사이에 스카의 머리를 끼운 채 그녀를 번쩍 들어 올리고 있었다.

"서, 선배님! 제가 부족하고 어리석었으니 제발……!"

"이제 좀 아픈가? 하지만 자네가 모시는 파이록스님은 더 아프실 것이야."

"으으으……!"

해골의 엠프레스가 쓴 가면의 해골무늬가 주황색으로 달아올라 열기를 뿜었다.

"스카여. 입조심을 하라고 했을 텐데?"

"마리앙느라고 불러주십… 으윽!"

"아직도 농담이 나오는군. 문제의 기점이 있는 곳은 이 머리인가? 한번 깨서 살펴보고 싶군."

"송구합니다, 송구합니다!"

해골의 엠프레스가 주먹에 힘을 풀자 스카 엠프레스가 로비 바닥에 떨어지다시피 주저앉았다.

"자네만 만나면 심심하지가 않아. 부정적인 의미로 말일세."

해골의 엠프레스가 지적하자 스카는 머리를 부여잡은 채 비틀비틀 일어났다.

"하지만 실망한 것은 사실입니다, 선배님!"

"겨우 그러한 일에 실망한다면 자네는 엠프레스의 자격이 없네. 인내심이야말로 엠프레스들의 미덕이거늘."

"선배님과 저는 다릅니다! 선배님은 저희들과 다른 의미로 프라이오스 프라임님을 생각하고 계시지 않습니까?"

"다른 의미라니?"

"선배님은 그분을 존경하여 곁에 계시려 하는 게 아닙니다!"

"그렇다네."

해골의 엠프레스가 당당히 인정하자 오히려 당황한 것은 스카를 포함한 다른 엠프레스들이었다.

"내가 없으면 우리 경작지가 돌아가지 않으니까."

"아……."

그것과는 조금 다른 의미로 말을 던졌던 스카 엠프레스는 어이가 없어 더 이상 목소리를 내지 못했다.

"선배님."

해골의 엠프레스를 부른 자는 아직 이렇다 할 별명이 없는 3번 경작지의 엠프레스, 즉 사이악스의 엠프레스였다.

"스카 선배가 실망이라 말한 이유에 대해 들어보시는 것도 괜찮지 않겠습니까?"

"스카는 원래 그런 아이라네."

해골의 엠프레스가 쓴 가면의 무늬가 다시 뜨겁게 달아올랐다.

"파이록스님을 보좌하지 않고 관리하려 들지. 그러한 마음을 품는 것도 무엄한데 모든 프라임들께서 다 계신 상황에서 입을 놀리다니, 나야말로 실망일세."

지적을 당한 스카는 고개를 흔들었다.

"파이록스님의 수치는 우리 2번 경작지 전체의 수치입니다! 그분을 모시는 자로서 실망하지 않을 수가 없지 않겠습니까?"

"단순히 수치심으로 실망하고 말고를 따진다면 우리 1번 경작지는 일찌감치 멸망했겠지. 다른 분도 아니고 무려 프라이오스님의 경작지란 말일세."

"하, 선배님은 프라이오스님을 너무 얕보시는군요."

스카 엠프레스가 허리에 감은 두툼한 벨트 위에 두 손을 걸쳤다. 파이록스와 관한 이야기로 지적을 당할 때와는 분위기가 달랐다.

"분명 프라이오스님은 큰 사건을 몇 번이나 일으키셨지만 우리들에게 해가 되는 일은 하지 않으셨습니다. 특히 수치심을 갖게 만드신 경우는 단 한 번도 없으셨지요! 우리를 아는 모든 존재들, 특히 그 건방진 아우터 갓과 엘더 갓들이 우리들을 쉽게 보지 못하도록 하셨습니다!"

"모르는 것은 자네일세. 그렇기에 그분께서 짊어지시는 오명과 오해가 얼마나 극심하고 깊은지 아는가?"

대선배에 맞서, 스카 엠프레스의 가면에 새겨진 세 줄기의 흉터가 주황색으로 빛났다.

"그러한 것들을 스스로 짊어지시는 분이 바로 프라이오스 프라임이십니다. 그렇기에 선배님을 포함한 우리 모두가 그분을 믿을 수 있는 것이 아닙니까?"

"자네가 프라이오스님에 대해서 무엇을 안단 말인가?"

둘 사이의 대화가 감정적으로 흘러가자 다른 엠프레스들이 당황했다.

[스카 선배님이 저렇게 진지하신 것은 처음 보는 것 같군요.]

엠프레스들 가운데 가장 어린 존재가 사이악스의 엠프레스에게 정신감응을 보냈다.

현재 서열로는 사이악스의 엠프레스가 세 번째이기에 그런 것인데, 사이악스의 엠프레스는 그러한 대접에 매우 큰 부담을 느끼고 있었다.

본래는 세 명의 엠프레스가 해골의 엠프레스와 스카 엠프레스 사이에 존재했지만 모두 사냥꾼들에게 당하여 목숨을 잃고 말았다.

그로 인해 서열순번이 당겨지면서 사이악스의 엠프레스가 스카에 이어 세 번째가 되었는데, 그로 인해 그녀는 큰 부담을 떠안아야 했다.

해골의 엠프레스와 스카 엠프레스의 말다툼은 항상 있는 일이었고 그럴 때마다 사이악스의 엠프레스가 둘을 말리거나 후배들을 관리해야만 했다.

본업, 즉 사이악스의 보좌에만 지나치게 충실한 그녀에게는 상당히 막중한 일이었다.

하지만 아무리 부담스럽다 해도 딱 잘라 거절할 만큼 모난 성격이 아닌 사이악스의 엠프레스는 최대한 충실히 설명을 해주기로 했다.

[아, 자네는 모를 수 있겠군. 사실 스카 선배님은 1번 경작지 출신이라네.]

[예?]

[자네가 주인님의 곁을 떠나 우리들 사이에 자리를 잡기 전의 일이지. 스카 선배님은 당시… 그러니까 최근 룩 클래스로 이름이 바뀐 그 자리에 계셨는데, 임무 중에 큰 실수를 저지르셔서 신계의 창조주에게 붙잡히셨네. 함께 임무를 수행하던 어린 동포들은 모두 피신시키셨으나 선배님 본인은 힘이 다하여 사로잡히셨지.]

[그렇습니까? 처음 듣습니다.]

[좋은 이야기는 아니거든. 그리고 스카 선배님의 가면에 난 흉터는 그때 생긴 것이네.]

한편, 해골의 엠프레스와 스카 엠프레스는 아예 가면을 맞대다시피 한 채 더욱 격렬히 말싸움을 하고 있었다.

사이악스의 엠프레스는 두 선배를 보며 한숨을 쉬었다.

[아무튼 당시 프라이오스 프라임께서는 그 창조주와 신계를 완전히 제거하시고 스카 선배님을 구하셨지. 물론 신계 하나를 선배님 개인의 실수로 갈아엎은 상황이었기에 프라이오스 프라임께서도 그냥 넘어가시진 않았다네. 그분께서는 스카 선배님을 나이트 클래스로 강등시키신 후 파이록스 프라임께 보내셨지.]

[크나큰 불명예로군요.]

[하지만 스카 선배님은 그 일을 좋은 경험과 은혜로 여기신다네. 파이록스님을 보좌하시는 입장이면서도 프라이오스 프라임에 대한 존경심이 특히 깊으신 이유이지.]

[아, 그런 이유로 스카 선배님께서는 프라이오스 프라임님의 모든 행동을 지지하시는 거군요.]

[가끔은 지지한다는 개념 이상의 감정을 보이실 때도 있으시네.]

[예? 하하, 설마 그러시겠습니까.]

의문을 표한 엠프레스는 사실 회의장에 오는 것이 오늘로 두 번째일 만큼 어린 존재였다.

[이제 알게 될 것이네. 대화의 흐름이 '그쪽'으로 가기 시작했으니까.]

사이악스의 엠프레스가 설명을 마치자마자 스카 엠프레스의 코웃음소리가 로비를 쩌렁쩌렁 진동시켰다.

"하! 그렇다면 결전의 때가 왔군요! 제가 1번 경작지로 갈 테니 선배님께서 2번 경작지로 오시지요!"

"또 그 소리인가?"

"그렇지요. 이번에는 근거도 있답니다. 제 마음은 프라이오스님에 대한 맹목적인 믿음으로 가득 차있으며 그분께 더 맛있는 파르페를 만들어드릴 수 있지요!"

얼마 전에 자신이 만든 파르페가 얼마나 맛이 없는지 체감했던 해골의 엠프레스에게는 치명적인 이야기였다.

"자네가 감히 파르페를 논한단 말인가?"

"예, 그렇습니다! 지난 회의 때를 기억하십니까? 아, 모르시겠군요! 프라이오스 프라임께서 저에게 손수 파르페를 만들어주셨지요! 제가 아무리 충성과 정성을 다한다 해도 그 맛에 감히 범접할 수는 없겠지만 그래도 비슷하게나마 재현할 수 있도록 꾸준히 노력했습니다!"

프라이오스의 파르페를 맛본 적이 없는 해골의 엠프레스

는 가면의 무늬가 새빨갛게 타오를 만큼 흥분했다.

"지난 회의? 자네가 그분의 파르페를 맛 볼 틈이 있었다고?"

"그렇지요! 저 아이를 기억하십니까? 최근 새롭게 엠프레스가 된 아이 말입니다!"

스카 엠프레스가 지적한 존재는 방금 사이악스의 엠프레스에게 정신감응으로 질문을 한 자였다.

"선배님께서 저 아이에게 직접 가르침을 주시는 사이에 부탁드렸답니다!"

"그 틈을 노렸다고? 비겁하군!"

"무엇이 말입니까? 저는 파이록스 프라임께 허락을 받아 프라이오스 프라임께 정식으로 요청을 드렸습니다. 그것이 비겁한 행동입니까?"

"자네, 정말……!"

해골의 엠프레스가 주먹을 쥐는 그때, 회의실의 문이 슬그머니 열렸다.

문이 열린 틈으로 프라이오스가 몸을 비스듬히 내밀었다.

"다 들리네만?"

한참 싸우던 두 엠프레스가 침묵에 빠졌다.

"프라임의 능력상 들리는 것은 어쩔 수 없지. 그 모든 것을 받아들이고 이해하며 이겨내야 하는 것이 바로 프라임일세. 하지만 파이록스가 자네들의 뒷담… 아니, 솔직한 논쟁을 듣고는 탁자에 엎드린 채 일어나지 못하여 회의를 진행할 수가 없군. 사적인 대화는 정신감응을 사용해 주게."

"……."

"한 번만 더 회의에 지장을 주면 나에게 기억된 대화 내용을 정보화하여 모든 경작지에 공개할 것이네. 망신은 망신으로 답해야겠지."

"송구합니다."

해골의 엠프레스가 고개를 숙였다.

"사죄드립니다, 프라이오스 프라임이시여."

스카 엠프레스도 뒤따라 머리를 낮췄다.

"부디 신경을 써 주게."

문을 닫고 다시 회의장 안으로 돌아온 프라이오스는 아직도 가면을 손으로 가린 채 탁자에 엎드려 있는 파이록스의 등을 손으로 토닥였다.

"자네도 자세를 바로하게. 대체 뭐하는 건가?"

"좀 외롭군."

"외롭지 않은 프라임은 어디에도 없네."

자리에 다시 앉은 프라이오스는 한숨을 길게 내쉬었다.

"어디까지 이야기했지? 머리가 아프군."

"마리앙느라는 별명의 적절성에 대해서……."

"그거 말고."

지적을 당한 세타로스의 어깨가 슥 내려갔다.

"오딘의 의중일세."

사이악스가 정답을 내놨다.

"음, 그랬지."

프라이오스가 끄덕거렸다.

"오딘이 그러한 계획을 세웠다는 것은 곧 위그드라실 외에 다른 두 개의 신계, '올림포스'와 '천상'이 자신의 세계근처에 있다는 사실을 알아버렸다는 뜻이겠지. 대체 어찌알았을까? 아우터 갓으로서 눈을 뜨기라도 했나?"

프라이오스가 의문을 던지자 사이악스가 탁자 중앙에 특정 정보를 옮겨 모든 이들이 볼 수 있도록 출력했다.

"이것은 올림포스의 신인 헤르메스의 정보일세. 그는 전령의 역할을 하는 존재인데, 헤파이스토스라는 자가 만든 '카두케우스'라는 이름의 도구를 사용하여 올림포스의 모든 곳을 자유롭게 이동한다네. 올림포스의 외부로 진출할수도 있는 대단한 물건이지."

"외부? 신계의 외부 말인가?"

"그렇다네. 본래는 신계의 경계를 벗어나자마자 존재가와해되어야 하지만 그렇게 되진 않더군."

"어떠한 도구인지 좀 보고 싶군."

"자료를 보여주겠네."

사이악스의 힘이 다시 탁자의 중앙으로 흘러들어가자 헤르메스의 정보 옆에 카두케우스의 모습이 떠올랐다.

카두케우스는 한 자루의 지팡이를 중심으로 두 마리의 뱀이 서로 엉켜 올라가는 듯한 형상을 띠고 있었다.

프라이오스는 고개를 갸웃거렸다.

"겉보기만으로는 그리 대단해 보이지 않는데?"

"후후, 매우 저렴해 보이긴 하지. 하지만 숫자들을 보면 생각이 달라질 것이네."

"숫자?"

무슨 소리인가 했던 프라이오스와 다른 프라임들은 그 지팡이처럼 생긴 물건의 실제 크기와 중량 등이 숫자로 드러나자 누구랄 것 없이 경악했다.

"인간들의 대도시 크기라고?"

"그렇다네. 대기권을 확실히 벗어날 수 있지."

사이악스의 말을 들은 프라이오스는 당황했다.

"갈아엎어야 할 신계가 위그드라실 뿐만이 아니었군."

"나도 올림포스를… 그래, 자네 표현을 빌려 쓰지. 갈아엎을까 했는데 저 물건을 개발하는데 들인 헤파이스토스의 노력과 그의 재능이 제법 볼만해서 관찰을 계속했네. 결국 카두케우스는 올림포스와 인접한 세계인 위그드라실 안까지 들어가더군."

프라이오스는 너무 어이가 없어 잠시 침묵을 유지했다.

'저 막 나가는 멍청이를 어떻게 해야 하지?'

그는 오래전 아네라와 하얀 우주의 의지 때문에 우주를 망가뜨린 사건 이후 형제와 동포들이 정말 위험한 상황이 아니면 경작지가 가볍게 손상되는 일마저도 그냥 넘어가고 있었다.

그러나 이번에는 사적인 감정을 억누르지 않기로 했다. 사이악스에 대한 다른 프라임들의 감정이 점차 걱정에서 반발 쪽으로 기울어지고 있었기 때문이었다.

프라이오스는 해결을 위해 주인 외엔 아무도 모르는 자신의 '특권'을 이용하기로 했다.

"그런가? 헤파이스토스가 누군지는 모르겠지만… 자네가 올림포스를 그냥 내버려둔 것에는 진짜 이유가 있을 텐데?"

"무슨 말인가, 프라이오스여?"

사이악스가 진심으로 의아해했다.

프라이오스는 시비를 거는 건달처럼 건들댔다.

"우연치 않게도 방금 생각이 났는데, 3번 경작지의 올림포스 신계에는 '아테네'라는 도시가 있다지?"

사이악스가 움찔했다.

노련한 장사꾼처럼 항상 차분한 그의 어깨가 갑자기 흔들리자 바로 옆에 앉아 있던 세타로스까지 깜짝 놀랐다.

"누구에게 들었나?"

사이악스가 엄숙하게 질문했다.

"난 그러한 이름을 가진 도시가 올림포스에 있냐고 물었을 뿐일세."

"후후, 그렇군. 역시 자네 상대로는 방심할 수가 없어."

사이악스의 웃음소리에는 쓴맛이 진하게 섞여 있었다.

둘의 대화는 모든 프라임들이 이해하지 못했다. 그저 둘이서 말로 한 대씩 주고받았다는 것만을 어렴풋이 느낄 뿐이었다.

"아무튼 헤파이스토스는 올림포스의 신인가?"

"그렇다네. 꽤 중요한 자리에 있지."

"그렇군. 그나마 다행이군."

"아, 인간도 도전했다네."

사이악스의 말에 프라이오스가 다시 그를 돌아봤다.

"인간?"

"다이달로스라는 자였는데, 어떤 미궁에서 탈출하기 위해 아들과 함께 하늘을 날았지. 아들은 탈출 도중에 죽었고 다이달로스 역시 지금은 죽었네. 그의 기술은 어디에도 전수되지 않았지. 우리가 확실히 은폐했거든."

"오래간만에 제대로 된 이야기가 자네에게서 나오는군."

프라이오스의 안도도 잠시였다.

가까스로 정신을 차린 파이록스가 가만히 자료들을 보다가 궁금증을 가진 것이다.

"위그드라실과 올림포스는 그렇다 치고, 천상이라는 곳은 어떻게 연결된 것인가? 분명 인접하긴 했어도 카두케우스라는 도구로 넘나들 만한 거리는 아닌데?"

파이록스가 묻자 사이악스가 고개를 끄덕거렸다.

"아, 문제는 그 부분일세."

"무슨 말인가?"

파이록스뿐만 아니라 모든 프라임들이 의아해했다.

"위그드라실의 후계자인 하이볼크가 직접 천상을 방문했다네."

"어떻게?"

프라이오스가 짧게 물었다. 그는 그만큼 당혹감에 빠져 있었다.

"사용한 수단은 공간이동일세."

"신계 내의 이동수단 말인가? 하지만 그것은 도착지점의 좌표가 없이는 시행이 불가능한데?"

"나도 조금 놀랐다네. 그래서 그 두 신계 사이에 일어난 모든 일들을 되짚어봤더니 납득이 갈 만한 일이 있었더군."

"무엇인가?"

"3번 경작지 내에 대형 혜성이 발생한 적이 있네. 항성계를 몇 개나 거치는 그 혜성은 어느 경작지에나 가끔 일어나는 재해현상이지. 그런데 그 혜성이 위그드라실을 스치고 천상과 충돌한 것이네. 그 일 때문에 천상은 모든 것이 꼬였지."

"꼬이다니?"

"천상은 '윤회와 전생의 법칙'에 따라 모든 요소들에 축적된 동력을 방출하고 세대교체가 된다네. 굳이 우리가 개입할 필요가 없는 방식이지."

"윈드렉스가 실종되기 전에 주장한 그 방법 말인가?"

"그렇다네. 내가 그 뒤를 이어받기로 약속했고 실제로 도입했다네."

그러자 프라이오스가 고개를 뒤로 젖혔다.

"오늘 정말 어이없는 이야기를 몇 차례나 듣는군."

"의장이여, 계속 들을 각오가 없다는 뜻인가?"

"각오라……."

프라이오스가 다시 사이악스를 봤다.

사이악스의 질문이 대단히 도발적이었기에 둘 사이에 앉은 프라임들은 상당한 긴장감을 느꼈다.

모든 프라임들 가운데 가장 대비되는 가치관의 소유자이면서도 가장 친하기도 한 둘의 관계는 모든 프라임들을 셀 수 없을 만큼 긴장시켰다.

하지만 그들의 차이와 논쟁이 모든 쉬프터들의 근본적인 성장 동력으로서 작용하고 있기도 했다.

그 둘의 '젊음'을 간단히 해석하고 융화시켜주는 존재가 바로 윈드렉스였다. 그러나 그가 실종된 지금의 회의장 분위기는 엄숙하면서도 갓 태어난 태양의 살결처럼 싱싱했다.

"하긴, 마리앙느라는 별명의 적설성에 대해 논하며 시간을 소비하는 것보다는 낫겠지."

여느 때처럼 튀어나온 프라이오스의 진지한 농담에 파이록스와 세타로스의 가면이 나란히 회색으로 변했다.

프라이오스는 자신에게 희생당한 둘을 본 척도 하지 않았다.

"계속 이야기하게, 사이악스여."

"알겠네."

사이악스가 즐겁게 응했다.

"천상은 마침 윤회와 전생에 따라 세대교체가 되는 와중이었네. 전대의 신들과 세계가 모든 힘을 방출하며 새로운 세대를 맞이하려 하고 있었지. 그러나 혜성과 충돌했고 그 모든 과정이 도중에 멈춰버렸다네."

"그리고?"

파이록스가 사이악스의 이야기를 재촉했다.

"혜성은 위그드라실의 일부까지 그곳으로 옮겼다네. 그래서 정상적으로는 존재할 수가 없는 위그드라실의 공간이동 좌표가 천상에 자리 잡은 것이네. 우연이 두 세계를 이어준 것이지."

"우연이라……."

프라이오스가 중얼거렸다.

"이번에도 경작지 내에서 발생한 '우연'을 인정하지 않을 생각인가, 프라이오스여?"

"그렇지 않다네. 경작지 내의 혜성은 항상 논란이 되어왔지. 발생원인, 발생속도, 이동속도, 이동경로, 그리고 소멸까지. 그 모든 것이 프라임의 능력을 벗어나고 있다네. 문제를 일으킨 혜성이 '실제 혜성'처럼 구름 형태의 꼬리를 달고 이동하는 것부터가 우연이라기보다는 미지의 현상이 아니던가?"

"그렇다네. 그러한 현상이 우리가 설계한 경작지에서도 발생한다는 사실은 우리가 얼마나 우주에 대해 알지 못하는 존재인지를 알려주는 즐거움일세."

"흠."

프라이오스의 짧은 한숨은 묵직했다. 사이악스의 이야기를 분명 들었으면서도 한숨에 섞인 결론은 부정, 혹은 의심이었다.

"프라이오스여. 자네의 생각은 다른가?"

사이악스가 물었다.

"음?"

"자네는 혜성 자체가 우연의 존재가 아니라 누군가에 의해 가공되었다고 예상을… 하지 않고 있네. 아예 그렇게 확정짓고 나를 지켜보는 느낌이지."

"해명을 요구하는 것인가?"

프라이오스가 엄숙이 물었다.

"아닐세. 자네는 우리들의 의장일세. 우리가 모르고 있는 사실에 대해서 알고 있을 자격이 있지."

"내가 그렇게 대단한 자리에 있는 줄은 몰랐군."

"후후, 프라이오스여. 첫 번째 회의를 기억하나?"

"물론이지."

사이악스가 말한 첫 번째 회의라는 것은 프라임들의 숫자가 적정한도에 이르렀을 때 주인이 모든 프라임을 한 자리에 모이게 한 그 순간을 말한다.

그 자리에서 프라이오스는 만장일치로 의장에 선임되었고 그 이후 계속해서 의장의 역할을 수행하고 있었다.

"우리 형제들이 자네를 의장으로 삼은 까닭은 자네도 알다시피 주인께서 말씀하신 '회의의 주관과 관리'라는 귀찮은 일을 자네에게 떠맡기기 위한 술책이었네. 그렇게 수를 쓰지 않았다면 자네가 거절할 것 같았거든."

그 말을 듣고 프라이오스가 팔짱을 꼈다.

"비밀 아닌 비밀이지. 그 이야기가 자네의 3번 경작지에서 일어난 일과 관계가 있나?"

"글쎄?"

사이악스가 자신의 두 어깨를 들었다 내렸다.

"자네만이 알고 있는 지식과 정보가 우리 경작지에 일어난 일과 연관성이 있다면 관계 정도가 아니겠지. 과거에 있었던 어떤 사건의 연장선이라 봐야 할 것이네."

사이악스의 대답에 프라이오스는 감탄했다.

사이악스는 3번 경작지의 문제를 단순히 재밌는 화제로만 생각하지 않았다.

아네라와의 첫 만남이라는 사건이 현 상황은 물론 도중에 일어난 크고 작은 사고들과 어딘가 유사하다는 사실을 기반으로 하여 회의를 제안한 것이다.

물론 '하얀 우주의 의지'에 대한 것은 완전히 배제하고 있었다. 프라이오스를 제외한 다른 프라임들에게 있어서 그 외부의 침략자는 아직 상상의 산물이었다.

'역시, 가장 프라임다운 존재로군. 쉽게 넘어가는 법이 없어. 하얀 우주의 의지라는 가설을 이 회의를 통해서, 아니 나를 통해서 사실화하려 했군.'

프라이오스는 항상 그랬듯이 사이악스를 인정했다.

"난 사실 자네가 의장이었으면 했는데 말일세."

프라이오스가 웃음소리를 섞어 털어놓자 사이악스가 고개를 저었다.

"그것은 자네를 의장으로 삼은 모든 형제들을 슬프게 만드는 말일세."

"흠, 그렇군."

그냥 그렇게 받아넘긴 프라이오스는 팔짱을 풀면서 생각의 방향을 바꿨다.

"이야기는 잘 들었네, 사이악스여. 그렇다면 자네의 계획, 아니 오딘의 계획은 어찌 진행되고 있는가?"

"현재 천상이 다음 세대의 주신으로 여겨지는 하이볼크의 거점으로 변했네. 그곳에서 결성된 반란군, 아니 연합군이 올림포스의 '아롤'이라는 자와 손을 잡고 올림포스를 공격하고 있다네. 올림포스의 함락은 시간문제겠지."

"사냥꾼의 공격에 대비하여 각 신계의 환경규격을 맞춘 우리의 생각이 연합군 결성에 도움을 줄줄은 몰랐군."

프라이오스가 평을 하자 파이록스가 쓴웃음소리를 냈다.

"신계끼리 경계선을 넘고 우주를 가로질러 손을 잡으리라고는 생각 못했으니까."

"하긴."

"애초에 경작지의 담당자가 사이악스가 아니었다면 있을 수 없는 일이 아닌가? 나였다면 당장 먼지로 만들거나 폐쇄했을 것이네. 다른 형제들도 마찬가지일 것이고."

"그야 그렇지."

파이록스의 투덜거림을 들은 프라이오스는 마음속으로 파이록스에게 고마움을 표시했다.

'그래, 사이악스의 경작지이기에 가능한 일이지. 하얀 우주의 의지가 다음 목표로 잡은 것은 사이악스로군. 이제 의심할 여지가 없겠어.'

그가 심증을 굳혀가고 있는 찰나, 세타로스가 불만스럽게 손을 들었다.

"난 그러지 않는다네, 파이록스여."

"아, 그래. 벌벌 떨면서 지켜봤겠지. 소심하게."

"너무하는군!"

"그만 하게, 세타로스여."

프라이오스가 말했다.

"파이록스는 자네가 더 적극적으로 생각해주기를 바라는

것일세. 너무 개성 넘치게 이야기했을 뿐이지."

"왜 자네도 나에게만 그러는가?"

세타로스도 화를 냈다.

"파이록스의 본심은 그렇다 쳐도 그 개성이 나를 아프게 하지 않나? 나에게 충고를 하는 것보다 파이록스에게 충고를 하는 것이 낫다고 보는데?"

"자네에게만 충고하는 것이 나은 이유가 있다네."

"무엇인가?"

"저쪽은 말을 안 들어 처먹거든."

그러면서 프라이오스는 파이록스를 쳐다봤다.

"그렇다고 때릴 수도 없고."

"……"

파이록스가 말없이 고개를 돌려 시선을 피했다.

"오, 납득했네."

기분이 풀린 세타로스가 손바닥을 한 번 맞부딪히며 즐거워했다.

"하지만 자네가 적극적으로 생각하기를 원하는 자는 파이록스뿐만이 아닐세. 나 역시 그러하다네."

"의장도?"

"그렇다네. 자네가 모습을 조금 바꾼 것도, 그리고 그 모습 그대로 이번 회의에 참여한 것도 분명 큰 결심과 용기가 있기에 가능한 일이겠지. 주인께서는 자네의 그러한 마음을 아시기에 모든 것을 인정하셨을 것이네."

프라임들은 세타로스에게 이야기하는 프라이오스를 지켜봤다.

실은 해골의 엠프레스뿐만 아니라 프라임들까지도 형제와 어린 동포들에게 조언을 하는 프라이오스의 모습을 하나의 멋진 경관으로 생각하고 있었다.

"그러나 나는 자네가 우리와는 다른 가치관을 기반으로 한 사적인 문제로부터 해방되기 위해 뒤로 한 걸음 물러나지 않았을까하는 느낌도 받았다네. 그래서 난 지금의 자네를 보자마자 화를 내었다네."

"……."

프라이오스의 말대로. 단지 자신을 보좌하는 엠프레스의 참견에서 여러모로 편해지기 위하여 성별과 모습을 바꾼 세타로스는 마음이 무거웠다.

"하지만 앞으로만 나아가는 것이 방법의 전부는 아니라네. 그 모습이 부디 자네에게 좋은 계기가 되었으면 하는군."

"음……."

세타로스는 다른 프라임보다 훨씬, 심지어 엠프레스들보다 작아진 탓에 탁자에 매달려 있다시피 한 자신의 모습을 다시 살펴봤다.

"역시 무리수였나? 나는 프라임인데……."

"자네를 따르는 어린 동포들은 뭐라 하던가?"

"처음에는 다들 놀랐지만 지금은 잘 따라준다네. 우리 하트로커와도 마음이 맞아가고 있네."

하트로커란 세타로스를 보좌하는 엠프레스의 별명이었다.

그 말을 듣고 세타로스가 결심을 한 이유를 이해한 프라이오스는 응원하듯 고개를 살짝 움직였다.

"잘 됐군. 그럼 된 것이지."

"자네는 어떤가, 프라이오스여?"

세타로스가 묻자 프라이오스는 턱을 괸 채 뚱한 자세를 하고 있는 파이록스를 봤다.

"흠. 좋지 아니한가?"

프라이오스가 말하자 파이록스가 움찔했다. 프라이오스가 방금 한 말은 파이록스가 회의 전에 세타로스를 봤을 때 했던 바로 그 말이었기 때문이다.

"응?"

"예쁘고, 보기 좋고, 잘 어울린다는 뜻일세."

프라이오스가 누군가를 대신하여 자세히 설명해 주었다.

"아……."

세타로스가 파이록스를 봤다.

파이록스는 그냥 가만히 있었지만 그의 가면에서는 당황했음을 뜻하는 주황색 빛이 미세하게 흘러나오고 있었다.

"하하, 역시 자네는 모두의 큰 오라버니일세."

세타로스가 더욱 즐거워했다.

사소한 일 한 가지를 해결한 프라이오스는 다시 모든 프라임들 쪽으로 고개를 움직였다.

"이야기가 많이 벗어났군. 사과하지."

프라임들은 각각 괜찮다는 제스처를 보였다.

"올림포스 얘기에서 멈췄지? 올림포스가 점령된 뒤에는 위그드라실일 것 같은데, 계획을 짠 장본인인 오딘이 과연 그 문제를 어떻게 해결할지 궁금하군."

프라이오스의 말에 사이악스는 가벼운 웃음소리를 냈다.

"후후, 그렇지."

"자네는 어디까지 개입하고 있나?"

"어린 동포들에게는 비밀로 하고 있네. 엠프레스 조차도 내가 오딘의 계획을 발견했고 지켜본다는 사실을 모르지."

"3번 경작지의 동포들은 평상시대로 움직이고 있다는 뜻이로군."

"그렇다네."

"좋은 판단일세."

프라이오스가 끄덕였다.

이야기를 듣던 세타로스가 다시 손을 들었다.

"어린 동포들에게까지 비밀로 할 필요가 있겠나? 말 그대로 동포가 아닌가?"

"오히려 어린 동포들을 위한 일일세."

"어째서?"

세타로스가 설명을 요구하자 프라이오스는 고민에 빠졌다.

'하얀 우주의 의지를 속이기 위해서라고 대답하면 정말 시원하겠지만…….'

프라이오스의 고민을 돕듯, 사이악스가 세타로스의 작은 어깨에 손을 얹었다.

"내가 개인적인 악의를 가지고 그러한 행동을 했다면 주인께서 용납하지 않으셨을 것이네. 걱정과 조언으로 나를 이끄시겠지."

"하지만 주인님은 자네를 사고뭉치라며 싫어하시지 않나? 그분은 자네가 3번 경작지 내에 아우터 갓을 일부러 침범시키셨을 때도 엄청나게 화를 내셨네! 나도 화가 났고!"

돌리는 것 없이 확 내던진 세타로스의 말에 사이악스는 가만히 있었고 프라이오스는 매우 당혹스러워했다.

"세타로스여. 자네는 날 신뢰하지 않는군."

"흥, 자네가 언젠가는 다른 프라임들의 경작지까지 무단으로 사용해 버릴지 모른다는 느낌마저 받는다네. 빌려간다는 명목하에 말일세."

"하하."

사이악스는 웃기만 할 뿐, 결코 그런 일은 없을 거라는 말은 하지 않았다.

"너무 걱정하지 말게, 세타로스여."

프라이오스가 말했다.

"사이악스는 충분히 책임을 질 줄 아는 자일세. 이번 일도 다소 과격해 보이긴 하지만 역시 책임하에 관리할 것이네."

"그 때문에 신계의 생물들이 덧없이 죽을지 모르지 않나? 지금도 올림포스라는 신계의 생물들이 자신의 의지와 관계없이 전쟁에 휘말려 죽고 있을 것이네!"

"그것은 부정도, 변명도 할 수 없겠군."

사이악스는 세타로스의 말을 인정했다.

"생물의 목숨은 주인님께서도 소유를 하지 않으시는 고

귀한 것일세. 우리에게는 그들의 목숨과 터전을 언제든 되살릴 수 있는 능력이 있지만 죽어도 되살리면 된다는 식으로 생각해서는 그들의 가치가 무의미해질 뿐이네. 우리는 좀 더 조심해야 할 필요가 있네, 형제들이여."

분위기를 탄 세타로스가 강하게 주장했다.

모두는 말을 하지 않았으나 속으로는 같은 생각을 하고 있었다.

'그것을 가장 늦게 깨달은 자가 자네일세. 세타로스여.'

프라이오스 역시 같은 생각을 하고 있었으나 세타로스가 상처를 입을 것 같았기에 형제들과 함께 침묵을 지켰다.

"사이악스여."

프라이오스는 세타로스를 진정시킬 겸 사이악스를 불렀다.

"이야기하게, 프라이오스여."

"큰 문제가 발생할 것 같으면 바로 회의를 소집하게. 사실 문제가 생겨도 힘으로 갈아엎으면 끝이지만 실패와 관계된 자료 역시 함께 나눠야만 다른 형제들이 같은 일로 고민할 필요가 줄어들 것이네."

"그리 하겠네."

"음. 그럼 안건은 끝인가? 다른 안건을 가진 프라임은 없는가?"

"4번 경작지에 아우터 갓이 침입했습니다!"

"음?"

그 말에 움찔한 프라이오스가 그 4번 경작지를 맡은 세타로스를 봤다.

세타로스 역시 자신이 아닌 다른 이가 한 말에 당황하고 있었다.

목소리가 들린 곳은 회의실 밖이었다. 누군가가 회의실의 문을 다급히 두드리고 있었다.

"프라이오스 프라임이시여, 긴급한 일입니다! 4번 경작지에 아우터 갓, 무한의 침묵이 침범했습니다! 각 신계들을 먹어치우며 본거지를 향해 접근하고 있습니다!"

말이 끝나기도 전에 회의실의 문이 프라이오스의 의지를 받아들여 벌컥 열렸다.

세타로스의 엠프레스, 하트로커가 몸을 절반 정도 잃은 퀸 클래스 한 명을 부축한 채 문 밖에 서 있었다.

"경고를 위해 나섰던 제 후배에게도 이렇게 해를 입혔습니다! 소식을 전하기 위해 부상당한 몸으로 비상이동수단을 써서 지금은 생명이……!"

프라이오스가 그 퀸 클래스에게 시선을 돌리자 퀸 클래

스의 손실된 육체가 곧바로 바로 복원되었다.

"세타로스여, 저들과 함께 돌아가게. 다른 안건이 발생한 다면 내가 직접 찾아가 알려주겠네."

프라이오스가 말했다.

"음……."

세타로스는 자리에서 일어나면서도 프라이오스에게서 눈을 떼지 못했다.

"어서!"

"아, 알았네! 프라임으로서 본분을 다하겠네!"

세타로스는 부하들의 곁으로 바로 이동한 뒤 곧바로 워 프 드라이브를 사용하여 그곳에서 사라졌다.

"회의가 아직 끝나지 않았네. 엠프레스들은 계속 대기하 도록 하게."

회의실의 문을 다시 닫은 프라이오스는 팔짱을 끼며 모 든 프라임들에게 물었다.

"다시 묻지. 다른 안건을 가진 형제는 없는가?"

사이악스가 손을 들었다.

"이야기하게, 사이악스여."

"자네가 하고 싶은 대로 하게, 프라이오스여."

"후우."

프라이오스의 가면 밖으로 한숨소리가 터졌다.

"세타로스가 누구네 집 여동생쯤으로 보이나? 무려 프라임일세! 상대는 그냥 처먹지 못해 몸부림을 치는 천한 잡종이고!"

"세타로스는 분명 우리와 마찬가지로 프라임으로서의 능력이 있지만 마음은 그렇지 않지. 아마 우물쭈물하다가 많은 것을 잃을 것일세."

"스스로 깨달아야 할 영역일세."

"아니, 정상적인 상황이 아닐세."

파이록스가 지적했다.

"무한의 침묵은 얼마 전에 자네의 경작지를 침범한 존재일세. 그 아우터 갓이 불과 며칠 만에 4번 경작지까지 이동한 것은 지극히 비정상적인 일일세."

그 순간 프라이오스의 모습이 의장석에서 사라졌다.

워프 드라이브가 남긴 잔광이 사라지자 모든 프라임들이 안도의 한숨을 쉬었다.

회의실 밖의 엠프레스들이 다시 문을 두드려댔다.

"프라이오스님, 소원컨대 제발 세타로스님과 어린 동포들을 구원해 주십시오!"

"이 무례에 대한 처벌은 각오하고 있습니다! 하지만 부탁드리겠습니다!"

"1번 경작지로 가겠다는 말은 두 번 다시 꺼내지 않을 터이니 4번 경작지의 모든 이들을 도와주십시오!"

엠프레스들은 이미 없는 프라이오스를 부르며 애원했
다.

"그래, 그는 우리들의 수호자일세. 모두가 알고 있지."

"그래서 우리가 그를 의장석에 앉힌 것이 아닌가?"

사이악스와 파이록스가 말을 주고받았다.

CHAPTER 102
지키는 자(下)

GodsKnight R

"무한의 침묵은 조금 뒤에 박살 나겠군. 내 손으로 없애 버리려 했는데 수고를 덜겠어."

파이록스가 코웃음소리를 섞어 말했다.

"내 생각은 다르다네."

사이악스가 고개를 흔들었다.

"다르다니? 설마 프라이오스가 이번에도 녀석을 타일러 서 보낼 거라 생각하나?"

"그는 과거에 내 손에 놀아나 3번 경작지를 파괴한 검은 안개의 신도 멀쩡히 돌려보냈다네."

"그건 경우가 다르지 않나? 그 일의 원인은 자네에게 있었네."

"그렇지."

대답한 사이악스의 가면에서 스산한 기운이 흘러나왔다.

"하지만 그 프라이오스가 아우터 갓에게 사과를 했단 말일세. 그게 말이 된다고 생각하나? 아니, 그렇지 않네. 우리가 과거에 가졌던 상식선에선 불가능한 일이지. 실로 실망스러운 현실이 아닌가?"

사이악스가 천천히 고개를 가로저었다.

"잡종들을 정말 잡종 취급 해주고, 그들 스스로가 천한 잡종 나부랭이에 지나지 않다는 사실을 온갖 방법으로 깨닫게 해준 자가 바로 프라이오스일세. 그런데 난 프라이오스가 아우터 갓에게 사과를 하는 치욕의 현장을 직접 봐야만 했네."

사이악스가 주먹을 쥐었다.

"대체 무엇이 그를 그렇게 변하도록 만들었을까?"

"이상한 것으로 고민하는군, 사이악스여."

세카르포스가 지적했다.

"모두가 알다시피 아네라와의 일 이후 프라이오스는 분명 변했다네, 사이악스여. 잡종 이하로 취급하던 경작지 내의 신들과 생물들에게도 관심을 보이게 되었네. 그 방식이 너무 어설퍼서 원시문화의 인간들에게 부싯돌을 던져주기까지 했지."

"아아, 그랬지."

회의가 열릴 때마다 프라이오스에게 부싯돌을 건네주는 장본인, 파이록스가 대놓고 반응을 보였다.

"자네도 적당히 하게. 자네의 엠프레스가 두 번째 서열이 될 만큼 긴 세월이 흘렀다네."

세카르포스의 말에 파이록스는 듣는 척도 하지 않았다. 세카르포스는 상대를 한참 바라보다가 다시 사이악스 쪽을 봤다.

"그는 오로지 아네라를 쫓다가 우주를 망가뜨렸다는 식으로 거짓말을 하고 있긴 하지만… 아무튼 그 일 이후로 프라이오스는 주인님보다 책임감을 더 우선시하게 되었네. 그리고 지금도 자신의 끔찍한 과거와 싸우고 있지. 그것이 바로 프라이오스가 책임을 지려 하지 않는 자네를 대신하여 아우터 갓에게 사과를 한 이유일세."

"알고 있는 사항일세."

사이악스가 퉁명스럽게 답하자 세카르포스의 가면 속에서 웃음이 터졌다.

"하하, 자네가 나에게 진심을 보이는 것은 이번이 처음이군, 형제여. 프라이오스의 존재감이 이처럼 소중한 기회를 나에게 주다니, 실로 기쁘군."

"……."

"아쉬워하지 말게, 형제여. 프라이오스의 행동은 자네뿐만 아니라 모든 프라임들의 자존심에 큰 영향을 끼쳤다네. 더불어 우리가 무엇을 반성해야 하는지 깨닫게 해주었지. 그러니 잠자코 그를 지켜보세."

"그리 하지. 내가 너무 흥분했군."

사이악스는 긴 한숨으로 자신의 감정을 다스리려 했다.

"흠. 프라이오스를 걱정하기 전에 해결해야 할 문제가 있다네, 형제들이여."

"문제? 무엇인가, 파이록스여?"

세카르포스가 묻자 파이록스가 회의실 바깥쪽을 엄지로 가리켰다.

"엠프레스들이 워프 드라이브를 사용했다네. 그것도 방금 말일세."

이야기를 들은 세카르포스가 말도 없이 자리에서 사라졌다.

회의실 밖의 로비로 이동한 그는 텅 빈 로비를 보고 자못 당황했다.

"엠프레스들에게 이러한 능력이 있었단 말인가?"

"기적은 아닐세."

사이악스가 문을 열고 걸어 나오며 말했다.

"우리들이 모르는 곳에서 그들이 쌓아온 경험의 산물이지."

"그들이 눈으로 그 모든 것을 익혔단 말인가? 우주의 좌표까지도?"

"이곳과 4번 경작지의 좌표는 오늘 우리가 이곳에 모일 때 사용한 좌표를 해석하여 값을 얻었을 것이네."

"하지만 좌표는 시시각각 변하고 있네! 행성이나 항성의 중심부로 이동할 수도 있단 말일세!"

"변화가 사실… 규칙적이지. 불규칙할 때도 있긴 하지만 그것을 무시한다면 거의 옳은 값에 근접한 수치를 얻을 수 있다네. 행여 항성 안에 들어간다고 해도 엠프레스들 정도면 문제가 없지."

"좌표는 그렇다 치고, 고차원 방정식은 어찌 해결한단 말인가? 동력은? 워프 드라이브는 그냥 걷고 뛰거나 도구를 사용하는 것과는 다르다네. 현실조작에 기반을 둔 기술일세!"

설명하자면, 워프 드라이브는 속도와는 전혀 관계없는 이동방식이었다. 목표로 삼은 장소에 '워프 드라이브의 사용자가 있다' 라는 현실을 뒤집어씌우는 것으로 사용자의 자리를 바꾸는 것이다.

능력만 된다면 지연시간조차 없앨 수 있기에 사용자는 시간의 제약조차 초월하여 이동이 가능했다.

"20명에 가까운 엠프레스들이 힘을 모으고 고차원 계산을 분담한다면 단 한 번의 워프 드라이브에 필요한 최소한의 동력과 출발지 및 도착지의 현실을 조작할 수 있는 최저 조건을 가까스로 달성할 수 있다네. 해골의 엠프레스가 가진 힘이 다른 엠프레스들과 격이 다르다는 것도 한몫했을 것이네."

"일이 커지는군. 그녀들은 너무 성급했어."

세카르포스가 걱정하자 사이악스가 고개를 옆으로 기울였다.

"무슨 말인가, 세카르포스여?"

"프라이오스는 4번 경작지로 가지 않았다네."

"뭐라고?"

사이악스는 세카르포스가 프라이오스의 워프 드라이브 이동경로를 어찌 알았는지 궁금했지만 프라이오스가 4번 경작지로 곧장 가지 않았다는 사실이 더 중요했기에 상대와 함께 당황했다.

"그렇다면 우리들 중에서 누군가가 4번 경작지로 가야 하는 것이 아닌가? 무한의 침묵 정도의 아우터 갓이라면 4번 경작지를 30분 내로 섭취할 수 있다네."

그가 30분이라는 숫자를 입에 담은 근거는 아까 전부터 근근이 거론되었던 아우터 갓, 검은 안개의 신을 자신의 경작지로 들여서 그의 파괴능력과 행성, 항성 등의 섭취 속도를 측정해 봤기 때문이었다.

"음, 아닐세. 난 프라이오스의 행동이 옳다고 보네. 그는 이런 상황에 미리 대비했던 것 같군. 세타로스가 프라임으로서 잘 판단해 주기를 바라야겠지."

세카르포스의 계속되는 말에 사이악스는 조금 답답했다.

"대체 의장이 어디로 갔기에 옳다고 주장하는 것인가?"

"적절한 장소라고만 답하겠네."

대답한 세카르포스는 회의실 안으로 돌아갔다. 사이악스는 이해할 수 없다는 듯이 고개를 저으며 그를 뒤따랐다.

*　　　*　　　*

프라임들의 예상대로, 엠프레스들은 힘을 모으고 일을 분담하여 4번 경작지를 목표로 한 워프 드라이브에 성공했다.

하지만 워프 드라이브 개시와 완료에 따른 충격까지 감소시키지는 못했기에 현장에 도착한 엠프레스들의 절반이 기절하여 의식이 있는 엠프레스들 주변을 둥둥 떠다녔다.

"클로버여, 자네가 이곳에 남아 동포들을 보호하게."

해골의 엠프레스가 즉각 지시를 내렸다.

가면의 이마 부분에 녹색의 보석을 토끼풀잎 모양으로 꾸민 엠프레스가 결계를 만들어 기절한 자들을 보호했다.

"맡겨주십시오, 선배님."

"의식이 있는 자들 가운데에서 힘이 부족한 자도 이곳에 남게. 3번 경작지의 엠프레스여, 이곳의 위치는 알아냈나?"

사이악스의 엠프레스는 도착하자마자 주변에 보이는 별들의 배열상황과 빛의 밝기, 가시광선을 포함한 모든 광선과 파장을 통해 현재 위치를 파악하고 있었다.

"세타로스님의 본거지로부터 약 2광년 정도 떨어진 장소입니다. 자세한 정보는 지금 전달하겠습니다."

정보화된 그녀의 기억이 정신감응을 통하여 모든 엠프레스들에게 전달되었다.

"우주의 좌표가 시시각각 변한다는 것은 알고 있었지만 이처럼 빠를 줄은 몰랐군. 하지만 2광년이라 다행이야. 여기서부터는 공간이동을 사용하겠네."

경작지의 안쪽은 좌표가 고정되어 있고 공간이동을 이용하기 위한 각종 안전수단이 갖춰져 있기에 다시 워프 드라이브를 사용할 필요는 없었다.

해골의 엠프레스가 손을 들었다. 붉은색의 전류가 그녀

의 손에서 흘러나와 이윽고 그녀가 즐겨 사용하는 낫의 형태를 갖췄다.

낫의 날 전체에 수백 마리의 백조들이 비행하는 모습을 음각으로 새긴 그 무기는 구체화된 것만으로도 우주공간에 새들의 허상이 펴질 만큼 강력한 물건이었다.

평상시에 사용하는 낫이 아니라 그녀가 특별히 담금질하여 만든 것으로, 날의 무늬 역시 가면에 새긴 해골무늬와 마찬가지로 소유자 본인이 직접 새긴 것들이었다.

"내가 길을 열어주겠네. 모두 무장하게."

"예, 선배님."

스카 엠프레스가 소매에서 큰 철봉을 꺼냈다. 그녀의 망토 안쪽에 붙어 있던 24개의 자루 없는 단검들이 밖으로 나와 그 철봉을 중심으로 뭉쳤다.

최후의 형상은 커다란 양손대검이었다.

나이트 클래스 출신인 스카 엠프레스는 과거 자신에게 지급된 엠프레스의 낫을 스스로 분쇄하여 지금처럼 특별한 무기로 만들었는데, 그것을 본 파이록스는 그녀에게 전투 능력 이상의 무기관련 재능이 있음을 다른 프라임들에게 자랑한 일이 있었다.

그녀들처럼 특별한 재능이 없는 엠프레스들은 각자의 프라임들이 직접 준 낫들을 사용했다. 그것은 사이악스의 엠프레스 역시 마찬가지였다.

해골의 엠프레스가 쥔 낫이 은색으로 달아올랐다.

"해당 지역은 이미 무한의 침묵이 뿌리는 광기로 오염되었네. 세타로스님께 의식이 닿지 않는군. 공격보다는 방어에 중점을 두도록. 도착하자마자 세타로스님을 중심으로 진형을 짤 테니 정신감응을 끊지 말고 아우터 갓의 광기에 맞서게!"

"예, 선배님!"

전투에 참여할 수 있는 모든 엠프레스들이 그녀의 외침에 응했다.

은색의 낫이 공간을 베었다. 잘려 붉은 빛을 토해내는 그 우주의 틈새 속으로 각자 무기를 거머쥔 엠프레스들이 진입했다.

공간이동의 길은 짧았다.

긴장한 자는 없었다. 그녀들은 최고 위험군의 아우터 갓들이 어떻게 행성과 항성, 은하를 포식하는지 생생히 경험한 숙련자들이었다.

그러나 문제는 있었다. 완전히 정신이 나간 아우터 갓과 생사를 걸고 겨룬 자는 해골의 엠프레스와 스카 엠프레스, 단 두 명뿐이었다.

그들이 억지로 열어젖힌 공간이동의 문에서 빠져나오자

마자 촉수가 아니라 창에 가깝도록 변화한 물체들이 장대비처럼 쏟아졌다.

그 촉수들의 지름은 표준 크기의 행성에 가까웠고 이동 속도는 광속을 가뿐히 넘어섰다.

회피기동을 어설프게 한 엠프레스 몇 명이 촉수의 중력에 빨려 들어가 몸의 일부를 잃었다.

그렇게 될 것을 미리 예견한, 아니 동포들이 그렇게 당하는 것을 몇 번 경험했던 스카 엠프레스는 부상당한 그녀들을 분해한 칼날들로 받쳐 촉수들로부터 이탈시켰다.

[침착해라! 놈이 중력을 더 강화할 수도 있다! 블랙홀 진입 후 이탈 훈련을 떠올리도록 하라!]

스카 엠프레스가 정신감응으로 자신의 뜻을 전달했다.

목소리로 뜻을 전달할 틈과 시간이 없었기에 상대의 의식에 자신의 의식을 강제로 때려 박는 방법을 사용하여 의사전달과 판단에 걸리는 시간을 0에 가깝게 만들고 있었다.

[결계와 같은 방어수단은 더 이상 사용하지 마라! 목표물이 동력원으로서 흡수해 버린다!]

[세타로스 프라임께서 계신 곳을 알아냈습니다, 선배님!]

[내가 틈을 만들 테니 모두 그쪽으로 이동하라!]

해골의 엠프레스가 든 낫이 다시 빛났다.

엠프레스들을 노리던 촉수들이 낫에서 터지는 빛에 의해

푹 삶은 식물의 뿌리처럼 잘려나갔다. 조금 뒤에는 촉수들의 군세가 오로지 해골의 엠프레스만을 노리고 날아들었다.

'귀찮게 하는군!'

해골의 엠프레스는 아주 작은 크기의 방패를 망토 안에서 꺼낸 뒤 왼쪽 팔뚝에 설치했다. 아네라의 어떤 부족이 조공을 올린 그 방패는 프라이오스가 개량하여 성능을 몇 배나 높인 물건이었다.

방패가 좌우로 미끄러지듯 열리고, 밀려나간 뚜껑 부위에서 잠자리의 날개와도 같은 구조물들이 녹색 빛을 품고 크게 펴졌다.

활짝 열린 방패의 중앙에서 흰색 빛이 잠깐 솟아오르더니 이윽고 중력현상을 발생시켰다.

그 중력현상은 소규모의 블랙홀이었다.

해골의 엠프레스를 노리던 모든 촉수들이 방패 앞에 일어난 블랙홀 속으로 빨려 들어가 압축되었다.

그 흡입력은 무한의 침묵이 스스로 촉수를 뽑아낼 때까지 계속 이어졌다.

적이 주춤하자 해골의 엠프레스는 동포들이 있는 곳으로 향했다. 그녀가 가진 무기가 남기는 은색의 잔광이 우주를 길게 가로질렀다.

"선배님!"

해골의 엠프레스를 맞이한 것은 세타로스의 곁에 있는 엠프레스, 하트로커였다.

세타로스는 다른 프라임들의 예상대로 우물쭈물하고 있었다.

"프라임이시여, 저희들이 왔습니다! 당신께서 경작지를 수호하실 수 있도록 돕겠습니다!"

해골의 엠프레스는 세타로스를 위로하기 위해 그러한 말을 한 것이 아니었다.

엠프레스 전원이 멀쩡한 상태로 전투에 참여한다 해도 무한의 침묵과 같은 초대형 아우터 갓의 공격을 이겨내기는 힘들었다.

촉수를 모조리 잘라내는 것은 어렵지 않았으나 무한의 침묵이 사용하는 공격수단 중에서 가장 질이 떨어지는 것이 촉수였다.

무한의 침묵이 마음을 먹고 광기를 발산하면 엠프레스들은 그 장대한 영역의 파괴현상을 맨 몸으로 버티거나 돌파할 수 있는 수단이 없었다.

혹시라도 힘을 모아 돌파한다고 해도 제압이나 제거는 꿈도 꾸지 못했다. 무한의 침묵은 엠프레스들이 상상조차 할 수 없는 공격수단을 무수히 지니고 있었다.

상대는 정상적으로 일어날 수 있는 우주의 치명적인 현상들을 맨 몸으로 버티며 살아왔을 뿐만 아니라 그러한 것들을, 심지어는 다른 아우터 갓이나 엘더 갓조차 가리지 않고 먹어 치워온 괴물이었다.

자신들은 도울 수만 있을 뿐, 해결할 수는 없다. 해골의 엠프레스는 그 말을 완곡히 돌려서 전달했다.

"세타로스 프라임이시여, 어서 저 침략자를 제압해 주십시오!"

해골의 엠프레스가 세타로스를 재촉했다.

"해, 했다네! 하지만 내 의사를 완전히 무시하고 있네!"

"대화가 통할 상대가 아닙니다! 저 아우터 갓은 이성을 완전히 상실했습니다!"

"알고 있네!"

그녀의 반응에 해골의 엠프레스는 답답했다. 그러나 가장 답답한 입장에 처한 쪽은 세타로스였다.

그녀는 경작지는 물론 주변에 모인 엠프레스들까지 다치지 않도록 힘을 조절하여 상대를 제압하려 했으나 세타로스는 자신의 힘이 뭉개지는 느낌을 받았다.

아우터 갓의 것이라고는 생각할 수 없는 저돌성이었다.

"내가 이성을 상실했다고?"

무한의 침묵이 의사전달을 위해 사용하는 촉수가 몇 개

의 은하를 감싼 채 포식을 즐기는 본체로부터 튀어나와 쉬 프터들 앞에서 멈췄다.

촉수의 끝에서 눈이 드러나 좌우로 움직였다.

"경작지의 맛은 이런 것이군! 불순물이 느껴지지 않아! 외부 세계의 행성이나 은하계에는 온갖 불순물은 물론 기생충과 같은 아우터 갓들까지 존재하기에 주의해야 하지만 여기는 깨끗해! 게다가 향기까지 짙군!"

"그렇다면 적당히 하고 떠나게!"

세타로스가 외쳤다.

"지금 자네에게 희생된 생명체가 몇이나 되는지 아는가? 그들이 자네에게 삼켜지기 전까지 무슨 생각을 하고 있었 는지 알기나 하냔 말일세!"

"아, 물론 알지."

촉수의 눈꺼풀을 비집고 검은색으로 빛나는 혀가 쑥 내 려왔다.

"우주의 재해 따위는 모르고 자라난 가축들의 아우성이 내 몸속에서 나를 더욱 기름지게 하고 있네."

"……."

"그러고 보니 모습이 좀 변했군. 처음 만났을 때보다 작 아진 건가? 아니, 아예 암컷이 된 건가? 프라임들은 정말 재 미있군."

무한의 침묵이 흘리는 미친 웃음소리가 경작지를 진동시켰다.

"부탁인데, 자네의 맛도 내게 보여주지 않겠나?"

세타로스를 흠칫하게 만든 그 말은 그녀의 엠프레스, 하트로커의 이성을 마비시켰다.

"이 잡종이!"

하트로커의 온 몸이 검은색 불덩어리에 휩싸였다.

그 눈이 달린 촉수를 향해 돌진하던 하트로커의 모습이 모두의 시야에서 사라졌다.

눈과 혀만 보였던 촉수가 위아래로 찢어지면서 큰 입으로 변했고, 그 입은 굶주린 악어처럼 하트로커를 잡아 물었다.

우주공간에 남은 것은 하트로커 엠프레스의 왼팔과 두 다리 뿐이었다.

"오오, 오오오오⋯⋯!"

무한의 침묵이 쾌락에 취하여 신음을 내질렀다.

큰 덩어리 때문에 크게 부풀었던 촉수가 탐욕의 파열음을 터트리며 본래의 굵기로 돌아왔다.

그 안에 있던 하트로커가 어찌 됐는지는 모두가 상상하기를 포기했다.

"조금 늦었군."

친숙한 목소리와 함께 나타난 누군가가 촉수를 두 손으로 붙잡고는 뱀의 가죽을 벗기듯 위아래로 찢었다.

"나와서 그대의 본분을 다하게, 엠프레스여."

그가 너덜너덜해진 촉수의 사이에 손을 넣고는 위로 번쩍 들어 올렸다.

하트로커의 오른손이 그에 이끌려 올라왔다.

오른손뿐만이 아니었다. 물리는 과정에서 잘렸던 팔다리들 외엔 하트로커의 모든 부분이 멀쩡했다.

씹히는 과정에서 힘을 대량으로 흡수당해 혼절한 하트로커가 부르르 떨며 고개를 들었다.

그녀는 자신의 가면이 프라이오스의 가면과 거의 맞닿아 있다는 사실에 너무 놀라 몸을 움츠렸지만 프라이오스는 반대편 손으로 그녀의 허리를 감싸 움직이지 않게 고정시켰다.

"탈진에 의한 경련현상인가? 그 정도 부상은 아닌데?"

"그, 그것이……! 너무 가까워서……!"

"가깝다고?"

프라이오스는 자신의 앞에서 두 갈래로 찢어진 채 푸덕거리는 아우터 갓의 촉수를 봤다.

"흠, 아무리 엠프레스라 하더라도 처음 겪는 일일 테니 무서울 수도 있겠군."

"그러니까, 그게 아니라……!"

"무슨 말을 하는지 모르겠군. 몸을 제어해 보게, 세타로스의 엠프레스여."

"저, 저저저, 저는 하트로커입니다!"

"…아, 음. 그렇군."

프라이오스는 자신이 왜 그녀의 별명을 큰 목소리로 들어야 했는지 이해가 가지 않았지만 상황이 상황인지라 굳이 따지진 않았다.

"목소리의 기세를 보니 제어능력을 회복한 것 같군. 세타로스의 곁으로 돌아가게, 엠프레스여. 저 존재와는 내가 이야기하겠네."

"소, 송구합니다."

하트로커 엠프레스는 끊어졌던 팔다리를 재생시키며 세타로스에게 돌아갔다.

"자아……."

프라이오스가 무한의 침묵을 정면으로 바라보며 팔짱을 꼈다.

"자네가 어떻게 이곳까지 올 수 있었는지는 묻지 않겠네. 나올 대답은 뻔하고… 어차피 말도 못 할 테니까."

그 말에 세타로스와 엠프레스들은 무한의 침묵이 몸으로 짓누르고 있던 우주를 살펴봤다.

프라이오스가 눈에 보이지 않는 힘으로 그 거대한 아우터 갓을 압축시키고 있었다.

"무한의 침묵이여. 우리는 경작지보다 더 훌륭하고 간단하며 효율적인 수확방법을 알고 있다네. 무엇일 것 같나?"

아우터 갓의 몸이 압축에 견디지 못하고 찢어지면서 흰색의 에너지를 곳곳에서 분출했다. 무한의 침묵은 비명을 지르려 했으나 육체의 제어권한을 빼앗긴 탓에 그러지도 못했다.

프라이오스가 그에게 허락한 것은 고통을 느끼는 권한뿐이었다.

"바로 자네들을 사로잡고는 먹일 만큼 먹여서 기름이 흐르도록 살찌운 뒤에 적당한 시기에 도축하는 것일세. 사고능력을 마비시키면 꽥꽥 짖어대지도 않겠지."

"……!"

"몇 조 단위의 나약한 생명체들을 한꺼번에 관리하는 것보다 자네들처럼 환경변화에 강하고, 오래 살고, 병도 걸리지 않는 초대형 가축들을 몇 마리 다루는 것이 효율적일 것일세."

프라이오스의 가면에서 붉은색의 빛이 잠깐 흐르다가 멈췄다.

"하지만 그럴 수는 없었네. 자네들의 그 미천한 삶마저도 주인님께 있어서는 둘도 없는 이 우주의 일부이기 때문일세."

"……."

"자, 하고 싶은 말이 있으면 하도록 하게."

프라이오스가 아우터 갓의 목소리를 열어주었다.

"주인이 죽으라고 하면 죽을 놈들이군!"

무한의 침묵이 괴성을 터뜨렸다.

"수호자랍시고 어느 순간 나타나서 우리 위대한 아우터 갓들을 짓이기고 다녔던 주제에 이제는 잘난 척을 해? 우주의 일부? 그러면서 왜 지금 날 죽이려 드는 것인가?"

"그때 자네들이 나에게 짓이김을 당한 이유를 잊었나 보군."

프라이오스는 아직 오염되지 않은 우주 쪽으로 고개를 돌렸다.

"당시 우주의 크기는 지금의 1조 분의 1도 안 됐지. 그 좁은 세상은 얼마 지나지 않아 무차별 포식을 저지르는 자네들의 분뇨 저장고가 되었다네. 더 이상 먹을 것이 없어지자 자네들은 서로를 뜯으면서까지 탐욕을 버리지 못했지."

"그것이 뭐가 잘못됐단 말인가? 그것이야말로 주인께서 허락하신 자유가 아닌가?"

"그렇지. 부정은 안 하겠네. 그것이 주인님께서 저지르

신 최대의 실수니까. 그분께서는 자네들의 그 방만함조차
도 인정하고 사랑하셨네. 그런데 자네들은 주인께서 계시
는 곳까지 침범하여 그분을 포식하려는 만행을 저질렀지."

프라이오스의 말에 그 자리에 있는 엠프레스들 전원이
놀랐다.

[선배님, 그러한 일이 있었단 말입니까?]

[나도 지금 처음 듣는 말씀일세.]

그때는 쉬프터라는 조직 자체가 존재하지 않았던 시기였
기에 해골의 엠프레스가 모르는 것도 당연했다.

"아, 기억나는군. 우리는 그분을 섭취하기 직전까지 갔
지. 싸움을 전혀 못 하시는 분이라 우리는 틀림없이 그분의
일부를 뱃속에 나누어 넣을 수 있을 거라 기대했다네. 그런
데 거기서 프라이오스, 네놈이 나타났어!"

프라이오스에게 결박당한 상황에서도 무한의 침묵은 분
노하여 광기를 뿜어댔다.

"그때 네놈이 분해시켜버린 아우터 갓이 몇이나 되는지
아는가?"

"아픈 추억이겠지? 공교롭게도 나 역시 그때를 최악의 시
기로 기억한다네. 내가 눈을 떴을 때 처음 본 것은 서로를
포식하고 각자의 육체를 나눠붙여 본래의 모습을 잃어버린
잡종들이었지. 그 추함은 영원토록 잊지 못할 것이네."

"추하다고? 효율의 극대화일 뿐일세. 주인께서도 인정하신 우리의 개성을 무시할 생각인가?"

"여기 와서 난장판을 벌이지 않았다면 본 척도 하지 않았을 것이야. 왜 이곳을 노렸나? 1번 경작지에서 4번 경작지까지 불과 며칠 만에 올 수 있었던 비밀은 무엇인가?"

"대답할 것 같나? 어리석군!"

무한의 침묵의 내부로부터 퍼지는 힘이 갑자기 폭발적으로 증가했다. 그 힘은 프라이오스의 결박을 조금씩이나마 밀어낼 만큼 강력했다.

"감히 날 죽이려 들어? 내가 이 경작지의 신들과 생물체들을 양분 정도로 보듯이, 결국 네놈들에게 있어서도 추수의 대상에 불과하지 않은가? 조금 먹었다고 해서 뭐가 문제지?"

"자네들과는 다르다네."

"무엇이 말인가?"

"내가 경험한 신들 가운데에서 탐욕 대신 의로움을 선택하는 신은 극소수였네. 죽음을 초월해서까지 탐욕을 유지하는 자들은 아우터 갓이라는 선택지를 벗어나지 못하더군. 인간이나 각종 지성 생물체는 워낙 삶이 짧아서 어쩔 수 없지만……."

"하, 그럼 그 의로운 신들은 어찌했나? 추수하기 전에 불러서 보물이라도 안겨주었나?"

"아니, 추수는 확실히 시행한다네. 추수라고 해도 우리가 직접 도구를 들고 긁어모으는 것은 아닐세. 신계가 세대교체를 맞이하는 그 순간 옛 신들과 그들의 세상은 아주 강력한 힘을 방출하지. 우리는 그것들을 수집할 뿐일세."

"답변을 빙빙 돌리는군. 그 의롭다는 신들은 어찌했느냐고 물었네!"

"성격도 급하군."

프라이오스는 결박에 사용하는 힘을 더욱 증폭시켰다.

"멸망한 신계의 모든 존재들은 주인님의 곁으로 간다네. 그리고 그중에서 일부가 우리에게 돌아오지. 물론 당사자에게 우리와 함께 일을 할 의사가 있는지가 가장 중요하겠지. 거짓을 말하여 어떻게든 되살아나려는 자도 있었지만 주인님을 속이는 것에 성공한 존재는 여태껏 하나도 없었네."

"가만, 너희의 곁이라니?"

무한의 침묵이 당황했다.

"우리는 사명감을 갖고 되돌아온 그들을 어린 동포라 부른다네."

"……."

프라이오스가 팔짱을 풀었다.

"괜찮아. 자네에겐 해당 사항이 없는 일이니까."

"결국 나를 처분하겠다는 건가? 쉽지는 않을 것이다, 프라이오스여! 모든 아우터 갓들이 경작지 외부의 우주를 먹어 치울 것이야!"

"그리 말할 줄 알고 이곳에 오는 도중에 어떤 곳을 들렀다네."

"뭐라고?"

"자네들, 우주가 나에게 완파된 이후 의회 같은 것을 만들었더군? 막상 의회에 갔더니 '잔잔한 공포' 한 명 밖에 없어서 실망했지만."

프라이오스는 소매에서 아주 커다란 서류 하나를 꺼냈다.

"아무튼 의회가 만장일치로 자네의 포기각서… 아니, 처벌허가를 나에게 내어주었네. 공식적인 명분이 생긴 셈이지."

"그들을 협박했군! 잔잔한 공포께서 나를 포기하실 리가 없어!"

그러나 무한의 침묵이 터뜨린 외침은 프라이오스가 손바닥 위에 띄운 양피지 서류 한 장에 무의미해졌다. 그 서류 안에는 아우터 갓들의 공용문자와 아우터 갓의 의장, 잔잔한 공포가 사용하는 보라색 인장이 찍혀 있었다.

"절차는 모두 밟았네. 그래서 조금 늦어졌지."

"인정할 수 없다!"

무한의 침묵이 검붉은 빛을 내기 시작했다.

"잔잔한 공포께서 나를 포기하셨다면 나도 더 이상 볼 것이 없겠지! 네놈들이 없는 우주를 창조하여 그곳을 갖겠다!"

"흠, 평행우주를 창조하겠다는 건가?"

프라이오스가 비웃음을 터뜨렸다.

무한의 침묵이 보이지 않는 계단을 내려가듯 우주의 지평선 아래로 사라졌다.

그가 다시 자리 잡은 장소에는 방금 그가 있었던 것과 똑같은 모습의 우주가 신선한 빛과 싱그러운 냄새를 풍기고 있었다.

다만 무한의 침묵은 우주를 창조할 때 과도한 힘을 소비한 관계로 그 크기가 절반으로 줄어들고 말았다.

"후후, 이곳이라면 제아무리 프라임이라고 해도……!"

"자기 집 드나들 듯 할 수 있지."

무한의 침묵은 자신과 마찬가지로 우주의 지평선에서 내려오는 프라이오스를 보고 허탈감에 빠졌다.

"평행우주는 의미 없다, 잡종이여. 네가 만드는 평행우주는 네가 원하는 상황에 맞춰 창조된 복사본이지. 복사본이 아무리 대단해 봤자 주인님께서 최초로 수립하신 원본을 부정할 수는 없는 법이다. 원본이 없으면 복사본도 없으니까. 흠, 실로 잡종다운 행동이로군."

"그렇다면 네놈을 이 세계에 존재하지 않았던 것으로 하면 될 것이야!"

무한의 침묵이 전력을 다해 힘을 쏟아 붓자 프라이오스의 형상이 몇 개로 겹치고 나뉘는가 싶더니 다시 하나로 돌아왔다.

"원인과 결과를 조작하여 나를 배제하겠다는 건가? 마치 어린아이의 생떼를 보는 것 같군."

"납득할 수 없는 결과다!"

무한의 침묵은 다시 힘을 발휘하여 우주 전체의 시간을 되돌리고 또 되돌렸다. 자신의 원하는 최고의 결과, 즉 프라이오스가 아예 태어나지 않았던 세상을 찾기 위해서였다.

그러나 프라이오스는 무한의 침묵이 보는 앞에서 한 치도 움직이지 않았다.

원본으로서 무시하는 것이 아니었다. 무한의 침묵이 사용하는 모든 간섭을 그 이상의 속도로 해석하여 규탄하고 있었다.

"헛짓은 그만 하지? 주인님의 은덕 속에서 우연히 태어난 네놈이 주인님의 필요에 의해 나타난 나를 이길 수는 없네."

"인정할 수 없다!"

"주인께서는 나에게 우주를 수호하라 하셨고 나는 네놈들 중에서 그나마 말이 통하는 극소수를 남기고 우주를 청소했지. 잡종이여, 넌 그나마 얌전한 부류였어."

프라이오스의 가면에서 쏟아지는 빛이 검은색으로 바뀌자 무한의 침묵이 다수의 폭발을 일으키며 힘을 잃고 작아졌다.

"무한의 침묵은 이제 사라질 것이니."

영겁을 초월한 시간 동안 먹고 또 먹어서 불어났던 아우터 갓의 육체가 사라지고, 그가 최초에 '선택했던' 모습이 프라이오스의 눈앞에 나타났다.

"빛의 신, 락시온이여."

프라이오스는 자신보다 훨씬 작은 그 백금색 머리카락의 신에게 손을 내밀었다.

소년의 모습을 한 그 신은 검은색의 안개로 이루어진 분노와 탐욕을 얼굴에 품고 있었으나 그마저도 프라이오스의 손짓에 떨궈져 사라졌다.

조금 뒤, 소년의 얼굴이 평온해졌다.

"락시온이여, 우리가 조금 더 일찍 만났다면… 아니 내가 조금 더 적극적이었다면 불행은 일어나지 않았을 것이네."

프라이오스는 그 신이 본래 걸쳤던 흰색의 비단을 창조하여 몸에 둘러주었다.

"이 또한 늦어서 미안하군."

되돌아온 자신의 모습을 살피던 무한의 침묵, 아니 락시온은 자신에게 사과하는 프라이오스를 보며 그의 손을 잡았다.

"수호자여, 사과하지 말게. 그리고 슬퍼하지 말게. 자네는 방금 나에게 크나큰 선물을 안겨주었네."

"……."

락시온은 붕괴되어가는 자신의 평행우주를 보며 잔잔히 웃었다.

"이제 나는 어찌 되는 것인가? 주인님의, 그분의 곁으로 갈 수 있는 것인가?"

표정은 좋았으나 목소리는 떨렸다.

프라이오스의 큰 손이 소년 신의 작은 손을 잡았다.

"인도하는 것이 수호자의 의무이고, 그 수호자가 바로 나일세."

그의 대답에 락시온은 빛의 신이 무엇인지 보여주듯 밝게 웃었다.

"정말 기쁘군. 다른 아우터 갓들도 탐욕으로부터 해방시켜주지 않겠나?"

"그들은 자네와 달리 아무런 계기를 갖지 못했네."

"계기라⋯⋯."

락시온은 자신의 가슴 한 가운데에 손을 넣었다. 피부를 통과한 그의 뽀얀 손은 이윽고 순백색으로 창백하게 빛나는 물질을 꺼내었다.

"이것 말이로군."

"그렇지는 않지만⋯ 누구에게 받았나?"

"하얀색의 존재일세. 자네들에 대한 앙심이 깊더군. 아는 자인가?"

프라이오스는 락시온에게서 건네받은 물건을 자세히 살펴봤다.

'하얀 우주의 일부로군.'

프라이오스는 손으로 그것을 쥐어 완전히 소멸시켰다.

"그는⋯ 언젠가는 규탄해야 할 나의 숙적이지."

"그렇군."

락시온은 시선을 아래로 내리며 멋쩍어했다.

"자네와 자네의 동포들에게 저지른 죄의 값을 치르고 싶네."

"그 값은 자네에게 죽은 경작지의 생물들에게 치르게."

"그들은 다시 되살리면 되지 않나?"

"생물들의 목숨과 그들의 생애는 그것이 아무리 짧고 대단치 않다고 해도 그렇게 다뤄서는 안 되는 것일세. 설령 본래대로 되살릴 수 있다 하더라도 말일세."

"그러한가?"

그러한 용어를 처음 들어보는 락시온은 고개를 갸웃거렸다.

"그것이 바로 책임일세. 책임을 망각하면 자만하게 되고, 자만한 자는 결국 괴물이 되어버리지. 나처럼 말일세."

프라이오스가 자신에 대한 이야기를 하는 줄 알았던 락시온은 상대가 스스로를 가리키자 뭐라고 할 말을 찾지 못했다.

"자네는 이제 공식적으로 제거된 존재일세. 주인님께서 자네를 허락하실지 모르겠지만, 만약 허락하시어 그대가 동포로서 움직일 수 있다면 지금의 기억을 모두 잃을 것이네. 잘 생각하고 후회 없이 응하길 바라네."

"알겠네."

평행우주의 붕괴 직전, 락시온은 가만히 시간을 보내고 있는 프라이오스의 몸을 두 팔로 껴안았다.

"다시 만나세, 누구보다도 강한 자여."

프라이오스가 본래의 우주로 돌아왔을 때 락시온의 모습은 없었다.

"프라이오스 프라임이시여!"

해골의 엠프레스를 비롯한 모든 이들이 프라이오스를 향해 다가왔다.

가장 먼저 프라이오스에게 매달린 자는 세타로스였다.

그 프라임은 프라이오스의 망토에 자신의 가면을 마구 문지르며 슬퍼했다.

"면목이 없네, 큰 오라버니여! 이 나약한 동생을 질책해 주게!"

"그러한 말로 편리하게 넘어갈 생각은 말게."

프라이오스의 지적에 세타로스가 흠칫했다.

세타로스를 밀어낸 프라이오스는 망토에 머리를 문지르느라 벗겨진 세타로스의 두건을 정성껏 다시 씌워주었다.

"그러나 프라임의 본분을 잊지 않은 것만으로도 충분하네."

"하지만 나 때문에 많은 이들이 죽었고 자네가 수고를 하지 않았나?"

"그러한 수고가 바로 나의 본업일세. 난 다른 형제들과 달리 경작지라는 개념이 생기기 전에 눈을 뜬 존재거든. 그래서 경작지의 운영이 여전히 어설프지."

"음……."

세타로스는 프라이오스가 왜 그런 식으로 스스로를 폄하

하는지 이해하기가 힘들었다.

프라이오스가 세타로스의 등판을 제법 강하게 쳐주었다.

"다른 생각 말게. 자네는 이곳에 남아서 경작지의 정리를 하게. 난 회의장으로 다시 가보도록 하지."

"음, 신세를 졌군. 프라임으로서 부끄러운 모습을 보여주어 미안하네."

세타로스는 자신이 무한의 침묵을 제압하지 못한 것에 상심하고 있었다.

그러나 프라이오스는 세타로스가 무능하다고 판단하거나 실수를 했다고 생각하지는 않았다.

그는 무한의 침묵이 외부적인 요소, 즉 하얀 우주의 의지에 의해 그 힘이 상당히 변질되고 강화되어 있었음을 알고 있었다.

프라이오스가 큰 문제없이 대응할 수 있었던 이유는 과거에 하얀 우주의 의지와 직접 격전을 치를 때 쌓은 경험 덕분이었다.

그는 아직 자신의 숙적에 대한 정보를 공개할 생각이 없었다. 프라이오스는 세타로스의 작은 어깨를 만져주는 것으로 말을 대신했다.

"일을 하기 전에 잠깐 쉬게. 프라임에게도 마음의 휴식은 필요한 법이니까."

"알겠네. 그리 하지."

세타로스가 끄덕거렸다. 하지만 세타로스의 청각에는 경작지의 생명체들이 무한의 침묵에게 포식당할 때 질러댄 비명이 아직도 아른거렸다.

'이겨내겠지. 이겨내야 하고.'

스스로도 마음을 정돈한 프라이오스는 주변에 모여 있는 엠프레스들에게 손짓을 했다.

"자네들, 앞뒤 가리지 않고 행동한 것에 대한 처벌은 각오하고 있겠지?"

"그렇습니다."

"제발 프라이오스 프라임께서 직접 이 소녀를 처벌해 주십시오!"

두 가지의 대답이 동시에 터졌다.

"……."

'그렇다' 고 담백하게 대답한 해골의 엠프레스는 두 손으로 자신의 가면을 덮었다. 반면 비슷하면서도 다른 대답을 한 스카 엠프레스는 프라이오스만을 바라보고 있었다.

"스카 엠프레스여."

그가 자신을 부르자 스카 엠프레스의 주변에 분홍색 오오라가 떠올랐다.

"말씀하십시오, 프라이오스 프라임이시여."

"좀 진정하게. 지금의 자네는 조금 위험해 보이는군."

그러자 스카 엠프레스가 발끈했다.

"아닙니다, 프라임이시여! 저는 당신께서 저에게 내리실 영광을 상상하며 희열하고 있을 뿐입니다!"

"그래, 그것이 문제일세."

"……."

프라이오스는 조금 잠잠해진 스카 엠프레스에게서 고개를 돌려 하트로커 엠프레스를 봤다.

"세타로스의 엠프레스여. 부상은 어떠한가?"

"하트로커입니다!"

"그래, 하트로커. 음."

프라이오스는 스스로의 별명을 큰 소리로 외친 하트로커 엠프레스를 여전히 이해할 수 없었다.

[엠프레스여.]

프라이오스는 해골의 엠프레스에게 정신감응을 보냈다.

[말씀하십시오, 프라임이시여.]

[하트로커라는 별명의 엠프레스는 나를 싫어하나보군.]

[그렇게 보이십니까? 저는 아주 불안하답니다.]

프라이오스는 '어째서?'라고 묻고 싶었으나 좋은 이야기가 나올 것 같지 않았기에 세타로스에게 손짓하여 아직 팔다리가 완전히 재생되지 않은 하트로커 엠프레스를 치료해

주도록 유도했다.

"아무튼 자네들, 재주도 좋군. 워프 드라이브의 실현은 보통일이 아닌데?"

"저희 모두가 프라이오스 프라임께 청하였으나 프라임께서는 대답이 없으셨습니다! 그래서 결국 목숨을 걸었습니다! 모르시겠습니까?"

해골의 엠프레스가 아쉬운 마음에 큰 목소리를 냈다.

"나에게 청을 했다고? 언제?"

프라이오스는 의아했지만 엠프레스들이 괜히 헛소리를 할 존재들은 아니었기에 일단 확인을 해보기로 했다.

그는 오른손 검지와 중지를 모은 뒤 가면의 이마 부분에 댔다.

"아, 내가 아우터 갓의 의회에 가느라 자리를 비웠을 때 나를 찾았었군. 자리에 없는 내가 대답을 할 수 있을 리가 없지 않나?"

"……."

"나 대신 파이록스라도 불렀으면 됐을 것을."

"하, 그분이요? 하하하!"

비웃음을 터뜨린 자는 스카 엠프레스였다.

'파이록스와 긴 상담을 해봐야겠군.'

파이록스와 스카 엠프레스 사이에 어떤 긴 사연이 있음

을 감지한 프라이오스는 한숨을 쉬었다.

"됐으니 돌아가세, 어린 동포들이여."

프라이오스는 전열에서 이탈해 있던 엠프레스들까지 모두 불러들인 후 워프 드라이브를 준비했다.

세타로스는 프라이오스가 만든 광활한 푸른빛의 커튼을 보고 가슴이 뭉클했다. 프라이오스가 모두를 이끌고 빛을 향해 다가가는 모습이 너무나 인상적이었기 때문이다.

"세타로스여. 다시 말하겠네만, 프라임의 본분을 다하게."

프라이오스가 워프 드라이브의 영역 안으로 들어가기 전에 세타로스를 지적했다.

움찔한 세타로스는 치료를 마무리한 하트로커 엠프레스와 함께 본거지 쪽으로 이동했다.

"흠."

고개를 두어 번 저은 프라이오스는 워프 드라이브의 커튼 안으로 들어갔다.

그가 다음 순간 발을 디딘 곳은 회의장의 로비였다.

프라이오스에 이어 엠프레스들이 차례로 로비를 밟았다.

"자네는 부상당한 어린 동포들을 돌보게. 난 회의를 마무리하지."

프라이오스의 지시에 해골의 엠프레스가 허리를 굽혔다.

"그리 하겠습니다, 프라이오스 프라임이시여."

회의실 안으로 돌아온 프라이오스는 망토를 정갈하게 다듬은 뒤 자신의 자리에 앉았다.

"평행우주의 창조가 느껴졌네만?"

사이악스가 묻자 프라이오스가 끄덕거렸다.

"가벼운 발악이었지."

"평행우주의 창조를 너무 무시하지 말게, 프라이오스여."

세카르포스가 지적했다.

"평행우주의 창조와 현실조작, 시공간 조작 등은 우주정복의 야망을 가진 자들의 기본 소양일세. 그리고 반드시 네 명의 충신을 가져야만 하지. 이른바 사천왕이라고……."

"그런가? 그렇군."

세카르포스의 말을 일부러 가볍게 넘겨버린 프라이오스는 본래 하려던 이야기를 꺼냈다.

"무한의 침묵은 제거했네. 제대로 된 절차를 밟아서 해결했으니 이 일로 시비를 거는 아우터 갓은 없겠지."

"잔잔한 공포는 잘 있던가?"

사이악스가 아우터 갓 의회의 의장에 대해 묻자 프라이오스의 가면에서 실소가 터졌다.

"날 보자마자 살려달라고 빌더군."

"그는 현명한 편이지."

사이악스가 고개를 연거푸 끄덕거렸다.

프라이오스가 앉은 자세를 바로 했다.

"자, 그럼 회의를 하세."

"이 분위기에? 제정신인가? 엠프레스들의 상태도 엉망인데?"

파이록스가 쏘아붙였다. 특별한 안건을 가진 자들도 없었기에 회의는 거기서 끝을 맺었다.

"내가 회의라는 것에 너무 집착한 것 같군. 그럼 다음 회의 때 건강한 모습으로 다시 보세, 형제들이여."

프라이오스의 맺음말 이후 프라임들이 일제히 자리에서 일어나 회의실을 나섰다.

가장 마지막에 회의장을 떠나 자신의 1번 경작지로 돌아온 프라이오스는 자리에 앉자마자 스스로 파르페를 만들어 조용히 즐겼다.

해골의 엠프레스는 그의 마음이 상당히 복잡하다는 것을 어렵지 않게 느낄 수 있었다.

"이번 일은 우연의 일부라 볼 수 없습니다, 프라임이시여. 무한의 침묵에게 세타로스 프라임님의 힘이 즉각 통하지 않은 것만 봐도 그렇습니다. 저의 판단이 잘못되었다면 부디 바로잡아주십시오."

가면의 절반을 위로 올리고 파르페를 먹던 프라이오스는 입 안에 있는 것을 삼키지 않는 대신 숟가락을 좌우로 흔들었다. 그녀의 생각이 틀리지 않다는 뜻이었다.

"체통을 지키십시오."

"……."

프라이오스는 파르페를 순식간에 비운 뒤 음식이 담겨 있던 그릇을 소멸시켰다.

"나의 숙적이 이번엔 세타로스를 노렸지. 진심으로 귀찮은 녀석이야. 그 집요함에 실로 존경심마저 느껴지는군."

얼마 전, 프라이오스가 말하는 '숙적'이 누구인지에 대해 간접적으로나마 들었던 해골의 엠프레스는 상대가 최상위급 아우터 갓의 고유성질까지 바꿔 세타로스를 혼란시킬 만큼 강력한 존재라는 사실을 깨닫고 마음이 떨렸다.

"모든 프라임들께서 나서신다면 그 존재를 잡을 수 있지 않겠습니까?"

"불가능하진 않을 것이네. 하지만 각오해야 할 것이 너무나 많지."

만약 모든 프라임들이 자리를 비우고 그 숙적, 하얀 우주의 의지를 잡기 위해 총력을 기울인다면 포획은 물론 소멸시킬 수도 있을 것이다.

그러나 프라이오스가 걱정하는 것은 그 숙적이 가진 저

력이었다.

"프라임들이 전부 나선다면 그 빈자리는 누가 지킬 것인가? 나는 잘 모르겠군."

프라임들이 추격을 하는 것과 동시에 하얀 우주의 의지는 '사냥꾼'들을 쉬프터들이 있는 모든 장소에 투입하여 프라임 이하의 쉬프터들을 말살하고 조직을 붕괴시킬 것이다.

"주인님께서 저희들에게 더 강력한 힘을 부여해주신다면……."

"힘을 원하는가, 엠프레스여?"

프라이오스는 엠프레스의 말을 바로 끊어버렸다.

"자네의 존재 이유가 오로지 외적의 격퇴인가? 승리인가? 강력함의 과시인가? 그런 짓을 해서 얻는 것이 뭐가 있지? 자네는 그처럼 시시한 일을 하기 위해 그 자리에 있는 것이 아닐세."

해골의 엠프레스는 프라이오스가 무슨 마음으로 자신에게 그러한 말을 했는지 이해하고 있었다.

우주에서 태어나고, 모든 악조건을 극복하며 진화한 뒤 살아남아 번식하거나 무려 문명을 이루기까지 했던 모든 존재들을 한 순간에 지워버렸던 자가 바로 프라이오스였다.

"하지만 적은 강력합니다, 프라임이시여. 사냥꾼들에게 당한 동포들의 숫자만 해도……!"

엠프레스가 감정이 잔뜩 차오른 목소리로 말했다.

"그래, 아주 적지. 우리들이 경작지를 꾸려가며 지은 죄에 비하면 축복에 가까운 숫자일세. 안 그런가?"

"…송구합니다."

사실 프라이오스는 제대로 된 답을 할 생각이 없었다.

검은색 우주가 하얀색 우주 안에 있다는 사실은 프라이오스를 조심스럽게 만드는 이유 중에 하나였다.

검은색 우주 안의 존재들은 우주의 확장에 따라 좌표를 계속해서 갱신해야 하지만 하얀색 우주의 존재들은 밖에서 어항을 보듯 검은색 우주를 훤히 관찰하는 입장이기 때문에 좌표의 갱신이라는 수고를 할 필요가 없었다.

프라이오스가 조심스럽게 행동하는 것도 그것 때문이었다.

"주인님의 곁으로 간 동포들에게는 미안한 이야기이지만… 난 사냥꾼들을 매우 좋은 시련이라고 생각한다네."

그는 대화의 분위기를 바꿔보려 했다.

"무슨 말씀이십니까, 프라임이시여?"

"이 우주에 대해 아무것도 몰랐고, 또 알려고 하지도 않은 채로 주어진 일만 열심히 하던 우리들에게 사냥꾼이 나타났다네. 우리는 항상 긴장해야 했고 그로 인해 보다 강해졌지. 지금 생각해 보면 우리 모두가 '살아 있다는 것'을 제대로 실감한 순간이었네. 그전까지는 죽음을 잊고 있었으니까."

"……."

"주인님께서는 우리들의 그 생생한 모습이 마음에 드셨던 것 같네. 그렇다면 내가 그 숙적을 물리친다 해도 사냥꾼이라는 시련은 계속되겠지. 사실 숙적 어쩌고 하며 어떤 존재를 목표로 하는 것은 나의 순수한 이기심이라네. 수호자로서 실격이지."

"하지만 주인님께서는 우리 모두를 사랑하시지 않습니까?"

"그렇지. 하지만 주인님의 사랑은 냉정하다네. 그분의 도움은 태풍이나 지진처럼 변덕스럽지. 우리가 경작지에 설정한 자연환경의 변화는 모두 그분에게서 따온 것이라네. 큰 도움을 주실 거라는 기대는 하지 말게."

"……."

"그렇다고 우울해하지 말게. 행여 우리가 주인님의 가호를 받지 못하고 그대로 멸망한다면 그것은 주인님께서 바라시는 우주의 또 다른 모습이겠지. 어설프게나마 계속 해왔던 수호자의 임무가 비로소 끝나는 것일세."

잔잔히 말하는 프라이오스에게 이윽고 해골의 엠프레스가 물었다.

"프라임이시여."

"음, 이야기하게."

"다시 말씀드리지만, 저는 아직도 프라임께서 계시지 않는 모습을 상상할 수가 없습니다."

"후후, 상상할 필요는 없네."

프라이오스는 엠프레스에게 오른손을 내밀었다. 해골의 엠프레스는 고민 한 번 하지 않고 그의 손을 잡았다.

"기억해 주게."

엠프레스는 그리 말하는 프라이오스의 손을 도저히 놓을 수가 없었다.

"내가 처음으로 형제와 동포가 아닌 자를 이곳에 데려온 적이 있었지. 자네가 이곳으로 오기 전의 일이니 모를 것이야."

"어떠한 일입니까?"

"신계 하나가 수명을 다하고 세대교체를 하고 있었는데, 자신의 본분을 잊고 휴식을 위한 여행을 하고 있던 어떤 신이 그 세대교체 과정에서 살아남고 말았네. 그녀는 자신을 알아주는 이가 아무도 없는 우주공간에 혼자 남아버렸지."

'그녀'라는 말에 해골의 엠프레스는 프라이오스의 손에

서 자신의 손을 슬며시 떼었다.

"그 신을 본거지에 직접 데려오셨습니까?"

"나도 그러한 경우는 처음이었거든. 지금과 달리 규정이나 규칙, 관례, 사례 같은 것이 거의 없던 시절이라 가능했던 일이지."

프라이오스는 팔짱을 끼며 고개를 조금 들었다. 해골의 엠프레스에게는 그가 눈을 감고 추억하는 모습으로 보였다.

"그녀는 매우 혼란스러워했네. 다시는 볼 수 없는 혈육과 동료들을 그리워하며 매일같이 울었고, 식사… 아니, 동력의 보충도 거부했지. 결국 나는 그녀에게 이야기를 해주었네. 그녀가 이전까지 알지 못했던 우주의 장대한 이야기들이었지. 내가 할 수 있는 일은 그것뿐이었다네. 지금도 그렇지만 프라임이란 존재는 그렇게 무능하지."

"……."

"그녀는 별들로 이루어진 구름… 성운들의 모습을 특히 좋아했다네. 하지만 정말 잠깐이었지."

거기까지 말을 한 프라이오스는 긴 한숨으로 마음을 가라앉혔다.

"세대교체로 인해 창조주를 잃은 그녀는 사실 오랫동안 살아갈 수가 없었다네. 세대교체와 동시에 즉각 분해되지 않은 것이 기적이었지."

"과연, 그렇군요."

"나는 그녀가 아우터 갓이 되지 않도록 그 창조주의 힘을 구현하여 그녀에게 전해주고 있었네만 한계가 있었네. 결국 그녀는 자신의 본분을 다한 뒤에 주인님의 곁으로 갈 것을 결심했네."

"그 여신의 본분이 무엇이었습니까?"

해골의 엠프레스가 태연히 묻자 프라이오스가 들리지 않게 실소를 지었다.

"죽음의 신이었네."

그는 여신이 붉은색 로브를 뒤집어 쓴 해골의 모습을 하고 있었다는 사실을 이야기하지 않았다.

"그녀가 주인님의 곁으로 갔다면 어린 동포로서 우리들의 곁에 돌아왔을 수도 있겠군요."

"그런 울보가? 설마."

프라이오스는 웃어 넘겼다. 그 웃음 속에는 다시금 프라이오스와 함께 성운을 보고 싶다는 그 여신의 소원이 담겨 있었다.

"대단치 않은 일이군요."

"그래, 다행이지."

해골의 엠프레스는 자신의 말과 프라이오스의 대답이 미

묘하게 꼬였다는 느낌을 받았으나 상대가 워낙 농담을 자주 하는 자였기에 그냥 그렇게 넘겼다.

"무례한 말씀입니다만, 프라임께서 만약 그 숙적과 다시 대면하신다면 그를 제압하실 수 있으십니까?"

"후후."

프라이오스가 웃었다.

"걱정은 자네가 아니라 그놈이 해야 할 것이야."

"어느 쪽이든 제 마음이 무거운 것은 변함없겠군요."

"······."

프라이오스는 이럴 때 소위 '느끼한 말'을 생각해내지 못하는 자신에게 혐오감마저 느꼈다. 하나 그렇다고 거짓말로 상대를 안심시키는 성격도 아니었기에 지금은 스스로의 마음만을 확고히 다졌다.

*   *   *

"네 걱정이나 해라, 하얀 우주의 의지여."

영겁의 세월이 지나서야 숙적을 다시 만나게 된 프라이오스는 10세 안팎으로 보이는 작은 소녀를 오른팔에 고이 품고 있었다.

그 소녀, 루이체의 얼굴은 의식을 잃은 모습에서조차 조숙한 모습을 잃지 않았다. 그녀의 길게 기른 금발은 프라이오스의 은색 팔 보호구 위를 마치 적시듯이 뒤덮고 있었다.

프라이오스는 또 다른 루이체, 즉 본래 이 세계에 있던 루이체 쪽으로 고개를 돌렸다.

'이 아이가 제대로 자랐다면 저러한 모습이 되었겠지.'

프라이오스는 자신들, 즉 프라임들과 인연을 가진 그 소녀의 조숙한 표정이 마음에 들지 않았다.

'우리의 어리석음이 이 소녀의 운명을 엉망으로 만든 것인가? 아니면 우리의 또 다른 전환점인가?'

다시 숙적에게 고개를 돌린 프라이오스는 가면의 틈새로부터 붉은색의 빛을 내뿜었다.

'아쉽지만 이번에도 놈을 놓칠 것 같군.'

프라이오스는 화가 났지만 집착하지 않기로 마음먹었다.

상황은 그에게 너무나 불리했다. 프라이오스는 품에 안고 있는 아이를 무조건 지켜야 했고 상대는 단기간이나마 프라임과 동등한 힘을 낼 수 있는 무시무시한 존재였다.

둘의 정면충돌은 하이볼크의 신계가 어떻게 대처할 수 있는 사건이 아니었다. 프라이오스의 입장에서는 지금까지 짜놓은 덫이 전부 박살 나는 것과 같은 상황이었다.

'하지만 전투를 피하고 싶은 것은 오히려 저 녀석이겠지. 상황파악을 못하여 허둥거리는 것이 눈에 보일 정도니까.'

프라이오스의 판단대로 하얀 우주의 의지는 리오와 루이체, 그리고 사냥꾼들로 틀어막아버린 회의장에서 탈출해 이곳으로 온 프라이오스 때문에 제대로 된 판단을 하지 못하고 있었다.

하얀 우주의 의지는 프라이오스에게 안겨 있는 루이체를 잠깐 살펴봤다.

프라이오스가 동원할 수 있는 모든 보호수단이 그 소녀를 보이지 않게 감싸고 있었다.

그것을 기회라 여긴 하얀 우주의 의지는 상황을 좀 더 멀리서 지켜보기로 했다.

"프라이오스여. 아무래도 우리의 싸움은 나중으로 미뤄야 할 것 같군."

하얀 우주의 의지가 말하자 프라이오스의 가면에서 붉은 빛이 강하게 터졌다.

"그렇다면 어서 꺼져라. 하지만 도망을 치려면 확실히 도망쳐라, 숙적이여. 어설프게 주변에서 맴돌다가는 바로 잡힐 테니까."

"그렇겠지."

하얀 우주의 의지는 자신의 퀭한 눈을 사납게 일그러뜨렸다.

"하지만 곱게 끝나지 않을 것이다, 프라이오스여."

"내가 할 말이다, 숙적이여."

둘의 눈과 가면이 찰나에 가까운 시간차를 두고 빛났다.

일행이 있는 행성 주변에 등급을 당장 알기 힘들 만큼 거대한 사냥꾼들이 무수히 나타났다.

그러나 그와 동시에 우주공간에 일어난 프라이오스의 힘에 그 모든 사냥꾼들이 먼지 하나 남기지 못하고 사라졌다.

"역시 네놈들은 진절머리가 나."

그것이 하얀 우주의 의지가 사라지기 전에 남긴 말이었다.

프라이오스는 왼손을 편 채로 내민 뒤 힘껏 틀어쥐었다. 그러자 하얀 우주의 의지에게 일부를 잃고 불안정해지던 행성이 단숨에 동결되어 안정을 되찾았다.

"이제 좀 조용해졌군."

프라이오스는 모든 이들이 지켜보는 가운데 불안정한 상태에 놓인 리오를 향해 걸어갔다.

흠집의 룩을 비롯한 쉬프터 네 명은 한쪽 무릎을 땅에 댄 채 그를 맞이하고 있었다.

"편히 있게, 어린 동포들이여. 신경 쓰이는군."

"송구합니다, 프라이오스 프라임이시여."

흠집의 룩이 먼저 일어나고 나머지 세 명의 쉬프터들이 뒤이어 일어났다.

다음 순간 모든 쉬프터들이 경악했다.

시류지 변환갑을 입은 지크가 두 팔을 벌린 채 프라이오스의 앞을 가로막은 것이다.

"설명을 먼저 하시지?"

"설명?"

"그 애가 대체 왜 나타난 거냐고!"

"흠⋯⋯."

프라이오스는 지크의 모습을 훑어봤다.

"아네라의 합금을 이용한 갑옷을 입었군. 갑옷 안에는 네 놈 말고 다른 녀석도 숨어 있구나."

"됐으니 설명이나 하란 말이야!"

고함을 지른 지크는 자신이 엎드린 채 땅에 대고 소리쳤다는 사실을 뒤늦게 깨달았다.

"한 번만 더 큰 소리로 질문을 하면 영원히 침묵하도록 배려해줄 것이다."

프라이오스의 가면에서 흘러나오는 붉은 빛이 한층 더 진해졌다.

"네놈이 발산하는 감정은 배짱이 아니라 공포로군. 이 소녀와 네놈 사이에 무슨 사연이 있는지 모르겠지만 굳이 들을 가치는 없겠지."

바닥에 엎드린 지크는 부들부들 떨기만 했다.

"기다려 주세요!"

이번에는 또 다른 루이체가 프라이오스 앞에 섰다.

"또 뭔가?"

프라이오스의 목소리에 짜증이 섞였다.

루이체의 입장에서는 앞에 서 있는 것도 기적이었다. 그녀는 우주 전체가 대형 눈사태처럼 밀려오는 최고의 위압감을 정신이 나간 채로 이겨내고 있었다.

"호오, 공포가 아니라 배짱으로 버티는군. 이 소녀와 거의 동일한 정신 구조와 유전자 구조를 가진 존재답구나."

프라이오스의 가면에서 흐르는 빛이 붉은색에서 황색으로 바뀌었다.

"내가 왜 이 소녀를 지키는지 궁금하겠지?"

프라이오스는 루이체가 대답하기 쉽도록 주변의 압력을 조절했다.

"맞아요! 당신은 쉬프터의 프라임 클래스잖아요? 여태껏 많은 존재들을 학살해 온 존재들의 우두머리라고요! 그런데 왜 그 아이를 보호하는 거죠?"

"학살? 음… 하긴, 사이악스의 경작지 운영방식은 비정하기로 유명하지. 어린 동포들에게 너무 막중한 짐을 주기도 하고."

"그럼 당신은 다르다는 건가요?"

3번 경작지의 '사소한' 일을 거의 알지 못하는 프라이오스는 조금 화가 났다.

"난 어린 동포들과 형제자매들의 부상, 혹은 희생은 절대로 용납하지 않는다, 어린 존재여. 그리고 이 소녀는 그 용납할 수 없는 '범위' 안에 들지."

"예……?"

놀란 것은 루이체만이 아니었다. 흠집의 룩을 비롯한 쉬프터들도 상당히 놀라고 있었다.

"리오 스나이퍼였나? 그 배짱 좋은 놈은 F.O.R이라는 이름의 디콤포저 방정식은 물론 연산압박까지 사용할 수 있었지. 이 우주에서 그 두 가지 힘의 사용이 허락된 존재는 오로지 프라임뿐이다."

"그렇다면 리오 오빠가……?"

"아니, 근원은 이 소녀다."

프라이오스는 루이체의 옆을 지나서 리오 쪽으로 천천히 걸어갔다.

"나의 수많은 형제 중에 한 명이 이 소녀의 소원을 들어주었지. 둘이 어떻게 만났는지는 나도 알 수 없지만 그 소원으로 인해 형제는 안식에 접어들었고 이 소녀가 그의 자리를 대신하게 되었다. 그리고 리오 스나이퍼의 원동력이 되었지."

프라이오스는 걸음을 잠시 멈춘 후 일행을 돌아봤다.

"프라임이 아닌 존재가 프라임의 기술을 쓰고, 쉬프터가 아닌 존재가 쉬프터의 힘을 쓴다고? 그게 말이 된다고 생각하나? 어이가 없군."

프라이오스는 일행이 받은 충격을 전혀 이해하지 못한 채 그들을 뒤로 하고 리오의 곁에 섰다.

"다시 본분을 다하라, 이 일그러진 신계의 수호자여. 이 소녀가 기억하는 그 검은색의 모습으로 한 번 더 일어나라."

프라이오스가 내려다보고 있는 리오는 여전히 회색 망토 차림과 검은색 가죽옷 차림으로 번갈아가며 변하고 있었다.

그때, 루이체의 손이 프라이오스의 하얀 옷자락을 움켜쥐었다.

"프라이오스 프라임이시여, 당신이라면 들어주실 수 있으시죠?"

리오를 보며 한껏 분위기를 잡고 있던 프라이오스가 잠깐 모든 행동을 멈췄다.

"나의 청각에 이상은 없다, 소녀여."

"……."

필사적으로 소원을 말하려 했던 루이체와 땅에 엎드린

채 자기 자신에게 분노하고 있던 지크, 프라이오스와 목숨을 걸고 마주섰던 또 다른 루이체도, 그리고 그 외의 모든 인물들이 프라이오스의 버릇인 '농담'에 당황했다.

놀라지 않은 유일한 인물은 흠집의 룩이었다.

"프라이오스 프라임의 말씀 그대로라오. 하시려 했던 이야기를 계속 하시오, 프라임의 자리를 계승받은 분이여."

그는 상황을 수습할 겸 최대한 사무적인 말투를 사용했다.

루이체는 말을 들어주지 않으면 놓아주지 않겠다는 기세로 프라이오스와 마주봤다.

"더 이상 저분을 괴롭히고 싶지 않아요."

루이체는 프라이오스를 붙들었던 손으로 리오를 가리켰다.

"제 스스로 모든 걸 책임지게 해주세요, 프라임이시여!"

"그것은 네가 고집할 수 있는 문제가 아니다."

프라이오스는 자유로운 손으로 루이체의 금발을 만져주었다.

"저 남자에게도 선택할 자격이 있지."

루이체는 깜짝 놀라서 리오 쪽을 돌아봤다.

회색의 망토 차림으로 겨우 모습이 고정된 리오가 힘겨운 미소를 지었다.

"나는 괜찮아."

"아니에요, 리오 스나이퍼씨! 당신은 당신이 있던 그 자리로 되돌아가야만 해요!"

대부분의 이들은 루이체의 그 말을 이해하지 못했지만 지크는 그렇지 않았다.

'오리지널? 저놈, 설마 오리지널 리오야?'

회색 망토의 리오는 누운 채로 고개를 저었다.

"지금 필요한 능력을 가진 자는 내가 아니야. 나의 우유부단함으로는 이 일을 끝낼 수가 없어. 네가 알고 있고 꿈꿔왔으며, 또 이 이야기로 돌아오게 한 그 남자야말로 이 일의 적임자야."

"하지만 당신이 계속 희생되어버린다고요!"

"상관없어. 난 그릇의 역할만으로도 충분해."

루이체는 그의 말에 울상이 되었으나 울지는 않았다. 그녀는 이제 그냥 가볍게 울어버릴 만큼 나약한 아이가 아니었다.

"충분할 리가 없잖아요?"

"충분하다 못해 행복했어. 그리고 앞으로도 그렇겠지."

"……."

"네가 되살리고 이어붙인 그의 이야기를 이렇게 끝내지 말아줘. 네 멋대로 도중에 끝내버린다면 정말 모든 게 엉망이 된 채 표류해버릴 거야."

"리오 스나이퍼씨……!"

루이체는 그의 이름을 부름으로서 한 번 더 설득해 보려
했다. 하지만 그의 의지는 확고했다.

"누군가는 끝을 내야만 해."

그는 하늘을 보며 웃음을 터뜨렸다.

"그리고 지크."

땅을 바라볼 수밖에 없는 상태인 지크가 그의 부름에 꿈
틀거렸다.

"넌 내가 이곳으로 데려왔지. 그게 나의 공식적인 마지막
임무였고 말이야."

"아……!"

그가 오리지널임을 확인한 지크는 기쁨과 반가움, 안타
까움, 슬픔을 그 비명과 같은 한마디로 응축시켜 터뜨렸다.

"항상 쓰던 고글 말인데, 제발 벗어버려. 넌 '우리들 모
두' 의 자존심이라고."

"무슨 개소리를 하는 거야!"

지크는 고함을 질렀으나 더 이상 리오에게서 이야기는
들려오지 않았다.

루이체의 모습이 빛으로 변하여 어두컴컴해진 리오의 속
으로 스며들어갔다.

조금 뒤, 모습을 완전히 갖춘 것은 검은색 가죽옷을 입은 리오였다.

"으윽……."

그는 맹수와 같은 눈을 한 채 머리를 만지며 상체를 일으 켰다.

"뭐가 어떻게 된 거지? 그 하얀 녀석은 어디 갔고?"

곁에 있던 프라이오스가 한숨을 쉬었다.

"루이체라는 이름의 작은 소녀가 너를 다시 인도했다, 리 오 스나이퍼여."

"뭐?"

프라이오스를 올려다본 리오는 곧이어 쓴웃음을 지었다.

"내 동생 말인가? 오래전에 죽은 애 가지고 장난치지 마. 기분 더러워."

"그래… 실례했군."

"됐으니 잠깐 내버려둬. 다음에 누굴 때려 죽여야 하는지 생각 좀 해보자고."

자신의 두 다리로 다시 일어나는 그 검은 옷의 리오에게 적당히 할 말을 떠올린 사람은 아무도 없었다.

CHAPTER 103
불멸의 이야기

리오는, 검은색 옷을 입은 그 남자는 고민하는 척하면서 자신의 붉은 머리를 만졌다.

　'내가 어떻게 된 놈인지 이제 약간 알겠군. 프라이오스라는 녀석이 루이체의 이야기를 괜히 꺼냈을 리가 없어. 저 녀석은 사이악스와 달라.'

　리오가 프라이오스를 그렇게 판단한 근거는 처음 만났을 때 겪었던 프라이오스의 말과 행동, 그리고 하얀 우주의 의지에게 공격당한 후 의식이 끊긴 후에 가장 먼저 눈에 들어온 자가 뜬금없이 프라이오스였다는 사실이었다.

'상황을 정리한 건 프라이오스가 분명해. 많은 상황이 그 사실을 증명하고 있지.'

그들이 밟고 있던 행성은 하얀 우주의 의지에게 3분의 1 이상이 날아갔다. 당연히 부서져야 할 행성이 지금은 마치 박제처럼 굳어 안정화되어 있었다.

'프라임 클래스라면 행성이 어찌되든 생존하는 것에는 문제가 없어. 굳이 이렇게 신경 써 줄 필요가 전혀 없다고.'

쉬프터들을 위한 일이라 생각할 수도 있었지만 리오는 자신의 일행까지 살아 있다는 점을 근거로 망설임 없이 추리를 계속했다.

'프라이오스는 다른 경작지의 담당자야. 그런데 사이악스가 아니라 프라이오스가 나타났어. 프라임들에게도 문제가 있다는 것이 확실히 증명되었군.'

그는 생각을 이어나갔다.

'그 하얀 녀석은 사냥꾼들을 마음대로 불러냈었지. 그 정도 능력이라면 프라임들과는 원수지간일 거야. 하지만 여태까지 쉬프터들에게 들은 이야기 중에서 그 하얀 녀석에 대한 정보는 어디에도 없었어. 왜지? 혹시 프라이오스만이 녀석을 알고 있었던 건가?'

리오는 프라이오스가 프라임들의 의장이라는 것을 한 번 더 떠올려봤다.

'그렇군. 영겁의 세월 동안 오로지 대단한 일만을 도맡아 해온 자라면 우리 같은 미물들을 상대로 잔머리를 굴릴 이유가 없겠지. 근본이 소심한 자를 우두머리로 둘 프라임들도 아닐 거고.'

그는 확신했다.

'그는 상대를 항상 진심으로 대하는 자야.'

그렇다면 이야기는 쉬울 것이라고 그는 생각했다.

'루이체에 대한 것은 나 스스로 알아보면 되겠지. 내가 그 애와 관련됐다는 건 방금 전에 확인된 것과 다름없으니까.'

그가 프라이오스에게 뭔가 물으려는 순간이었다.

[충분하지 않아, 오빠?]

정신감응으로 들을 때와 가까운 목소리가 리오의 머릿속에 들려왔다.

분명 그가 알고 있는 루이체의 것과 동일했다.

지금 근처에 서 있는 또 다른 루이체의 목소리와는 묘한 차이가 있었다. 성장도에 따른 차이도 분명 존재하지만 리오는 그런 차이 정도는 머릿속에서 정리하여 목소리를 구별할 수 있었다.

그 동일함이 그를 겁에 질리도록 만들었다. 그리고 그 공포와 동일한 양의 기쁨이 그의 반대편 뇌를 자극했다.

그러나 목소리는 동일했지만 그에 실려 있는 감정은 리오의 추억과 상당히 달랐다.

[내가 기억하는 엔젤 플레어는 네가 좀 자라난 모습에 불과했는데, 지금 이건 무슨 상황이지? 혹시 근육질의 남자가 되고 싶었어?]

[그 리오 스나이퍼씨가 오빠를 적임자로 찍은 이유가 있었네. 어떻게 이 상황에서 그렇게 냉정할 수가 있지?]

[리오 스나이퍼씨? 아, 오리지널 말이군.]

[알아?]

[모르나 보네. 그럼 남자들만의 비밀로 하지.]

[비밀? 오빠가 나에게 비밀 같은 걸 가질 수 있을 거라 생각해? 오빠는 진짜가 아니야! 내가 상상하여 이룩한 존재일 뿐이라고! 프라임의 능력으로!]

[그래? 아주 다행이로군.]

[뭐가?]

[네가 상상해서 이용해준 존재가 나라서 다행이란 말이야. 만약 네 자신이 그 프라임의 힘이라는 것만 앞세워서 전면으로 나섰다면 방금 나에게 한 것처럼 어른들에게 자신의 비밀을 술술 털어놨겠지. 넌 그렇게 독하게 자란 아이가 아니야.]

[으…….]

거기서 리오는 의문을 떠올렸다.

[잠깐, 나를 상상해서 이룩한다는 방법 말인데, 네 아이디어가 아니지?]

질문을 들은 루이체는 당황했다.

리오는 그 자신이 오리지널 리오 스나이퍼의 육체와 루이체의 기억을 토대로 만들어진 존재라는 사실을 알았음에도 불구하고 상황을 파악하는 것에만 주력하고 있었다.

[화가 안 나?]

[뭐가?]

[오빠가 내 소원에 의해 만들어지고 이용당한 존재라는 사실 말이야.]

[하, 언젠 아니었나? 이용자가 하이볼크에서 너로 바뀌었을 뿐이야. 그리고 이미 비슷한 경우를 봤거든.]

[아레스씨 말이지?]

[그래. 그런 면에서 아레스는 나보다 더한 놈이야. 자신이 강제로 남의 인생을 살아왔다는 사실 뿐만 아니라 이제는 전력이 큰 보탬이 안 된다는 것을 알면서도 저기에 있지. 멀쩡한 정신력으로는 저렇게 못해.]

[하지만 정신이 나간 사람처럼 보이진 않는데?]

[뭔가 끝을 보려는 남자는 말이야, 저렇게 멀쩡한 얼굴로 정신 나간 짓을 할 수가 있는 법이야.]

[오빠에게 들었던 기억이 나는 이야기네. 다시 들으니 반가워.]

루이체는 진심으로 기뻐했다.

[아, 그런데… 네가 상상하고 이룩한 존재인 내가 왜 이러한 기억과 경험을 내 것처럼 착각할 수 있는 거지? 입력된 거라 그런가?]

[그건 나도 잘 모르겠어. 윈드렉스라는 이름의 프라임께서 능력의 사용법까지는 가르쳐주시지 않았거든.]

[윈드렉스는 또 누구야?]

정신감응으로 루이체와 이야기를 나누던 리오에게 프라이오스가 다가와 헛기침을 했다.

"흠, 바쁜 와중에 실례하지."

리오가 흠칫 했다.

"혹시 들었나?"

"그러니까 실례를 하겠다고 방금 말을 한 것이다, 리오 스나이퍼."

리오와 프라이오스가 대화를 하자 모든 이들이 다시 숨을 죽였다.

"우리끼리 편하게 이야기를 할 필요가 있겠군."

주변의 모든 것이 모조리 정지했다. 프라이오스가 연산압박을 사용한 것이다.

"루이체라는 이름의 소녀여, 윈드렉스 프라임에게 아무런 기술도 배우지 못했나?"

"그렇습니다, 프라이오스 프라임이시여."

목소리는 루이체의 것이었지만 정작 입을 움직여 말을 한 사람은 리오였다.

리오는 너무 당황하여 손으로 자신의 입을 막았다.

말없이 가만히 그를 보던 프라이오스가 이윽고 말했다.

"부끄러워할 필요는 없다, 리오 스나이퍼. 난 너보다 사납게 생긴 아우터 갓이 더 귀엽고 앙증맞은 목소리와 말투로 이야기하는 모습을 수없이 봤으니까."

프라이오스가 팔짱을 꼈다.

"물론 볼 때마다 혐오스러웠지. 지금도 그렇군."

"……"

리오는 조금 화가 났지만 방금 프라이오스가 한 이야기를 토대로 그가 정말 진심으로 남을 상대한다는 사실을 확신했다.

"이야기는 그쪽이 먼저 했지만 너무 듣고 싶어서 미칠 것 같은 부분이 있군. 질문해도 되나?"

리오가 물었다.

"흠, 한 가지만 받아주마."

"난 이대로 내 동생의 얼굴을 못 보나?"

프라이오스의 가면 밖으로 한숨 소리가 났다.

"그렇군. 대답을 겸하여 네 육체구조에 대해 설명해 주지. 사이악스의 본거지에서 나를 만난 기억이 나는가?"

"그때 내 몸을 조사했겠지?"

"조사뿐만 아니라 치료도 해줬지. 넌 그때 상반신의 일부만이 가까스로 남은 채 내 경작지의 근처에 나타났다. 난 왜 네가 그 시각 그 장소, 즉 내가 이동하는 곳 근처에 나타났는지 알아볼 필요가 있었지."

"보기보다 꼼꼼하시군."

리오의 말에 프라이오스는 고개를 기울여 실망감을 표시했다.

"이 우주에는 정말 수많은 경우의 수가 존재한다. 그러나 하이볼크 신계에서 일어난 시공간 균열의 결과가 마침 이동 중이었던 내 근처에 발생하여 나에게 정확히 감지되는 것은 확률이나 운이라는 말로 대충 덮을 부분이 아니지."

"……."

"내 설명이 너무 어려웠나? 한마디로 불가능이다."

"그럼 그 불가능한 일이 일어난 이유를 지금은 알고 있겠군. 날 조사했을 테니까."

"물론이다. 아마 루이체라는 소녀… 이후 루이체로 부르지. 그 소녀에게 윈드렉스 프라임이 자신의 힘을 물려주면서 몰래 심어놓은 비상 체계다. 문제가 발생했을 때 그 소녀, 혹은 너를 내 근처로 이동시키도록 해놨더군."

"당신에 대한 신뢰가 두터웠나 보군."

"우리 조직에 무슨 일이 터지면 뒷정리를 하는 것이 나다. 난 수호자니까."

대답을 들은 리오의 표정이 미묘해졌다.

"자기 자신을 수호자라고 자신 있게 말하는군."

"네가 나와 대화한 시간은 1시간도 안 된다. 인간과 인간이 서로를 알아 가는데 필요한 최소 시간에도 못 미치지. 함부로 비꼬지 마라, 리오 스나이퍼."

"이봐, 여태까지 사이악스가 우리에게 한 짓만 따져 봐도 난 당신을 수호자 양반이라 부르기 힘들다고."

"사이악스가 저지른 정신 나간 행동 중에서 최고라고 할 수 있는 것은 자신의 경작지를 아우터 갓에게 먹인 것이다. 그때 허무하게 죽은 존재들의 숫자를 말해줄까?"

"그래? 그때 먹힌 자들에 비하자면 우리 처지가 낫다고 위로해 주는 건가?"

"아우터 갓들의 포식과정은 그리 신사적이지 않지. 그 험악한 꼴을 네 의식 속에 쑤셔 박아서 친절하게 이해를 돕고 싶지만… 그래, 서로 말이 험해지고 있으니 그만 하지."

"좋아. 나도 좀 흥분했군."

리오가 왼손을 대충 들어 그만 하자는 말에 응했다.

프라이오스의 옆에 재봉으로 만든 곰 인형 모습의 환영이 떠올랐다.

"본론으로 들어가지. 자, 이것이 자네다. 깔끔하지?"

"……."

프라이오스는 뒤끝, 이른바 아쉬움조차 대놓고 드러내는 성격이었다.

"루이체를 위한 형상인데, 싫은가? 그 나이 대 소녀들은 대체적으로 이러한 완구를 좋아한다고 들었네만?"

"…아주 고맙군."

리오는 올라오는 성질을 꾹 눌렀다.

리오의 의식 속에 있는 루이체는 리오와 프라이오스가 왠지 모르게 닮았다는 생각을 해봤다.

"넌 이 곰 인형이 입은 옷이다."

그 말을 시작으로 프라이오스가 설명을 이어나갔다.

"또 다른 리오 스나이퍼… 이른바 오리지널이라고 분류된 자에게 너라는 존재가 입혀진 것이다. 그리고 그 옷을 만든 존재가 바로 루이체다."

"그저 옷이라고? 그건 좀 이상하군. 오리지널의 신체능력으로는 지금까지 내가 저지른 짓들을 다 소화할 수 없을 텐데?"

"일반 상식이라면 그렇지. 하지만 루이체에게 옮겨진 프라임의 원초적 힘과 소질은 네가 지금껏 싸워온 원동력으로 작용했지."

곰 인형이 입은 옷과 인형 안에 채워진 솜들이 빛을 냈다.

"저 부분들이 모두 루이체, 즉 프라임의 소질이라고 보면 된다."

"그럼 내 의식과 기억은? 난 다시 이 세상에 나타난 이후의 일도 기억하고 지금도 생각할 수 있어. 그것도 루이체가 만들어낸 현상인가?"

"그 부분은 설명이 조금 복잡할 수도 있겠군."

프라이오스가 만든 곰 인형이 서서히 투명해졌다.

"너희들이 살던 세계는 창조주의 가호에서 쫓겨나는 방식으로 부서진 것 같더군. 그러한 상황에서는 사고능력을 갖춘 기억의 집합체, 즉 '망령'까지가 재생의 한계다."

"프라임의 능력으로도 그것밖에 안 되나?"

"육체를 만들어주는 것은 문제가 없지만… 만들어준다고 해서 의미가 있진 않거든. 육체를 가지고 되살아난 너희 남매가 어디를 가서 뭘 할 수 있다고 생각하나? 우주해적? 아니면 다시 하이볼크의 세계로 돌아와서 빵집이라도 차릴 건가?"

"……."

"아무튼 망령 상태에서 오리지널의 육체를 차지하게 되면 인격은 물론 기억과 성격까지도 유지한 채 본래의 네놈으로서 살아갈 수 있게 되지. 루이체는 네 몸에 숨은 채…그래, 시간을 보냈을 것이야."

프라이오스의 말끝이 이상하게 들렸기에 리오의 표정도 다시 구겨졌다.

"시간을 보냈다고? 왜?"

"본인한테 물어보게."

"떠넘기지 말고 직접 얘기하시지?"

"조급한 자로군. 막상 일이 진행되니 겁이 났겠지."

프라이오스가 어깨를 으쓱했다.

"그 곱게 자라기만 한 소녀가 그전까지는 본 적이 없는 장소, 즉 어른들의 세계에 대한 모든 것을 알게 됐을 때 과연 제대로 된 판단이 가능했을까? 그저 역겨울 뿐이었겠지."

"…과연."

리오의 표정에서 빈정거림이 완전히 사라지고 그늘만이 남았다.

"그래서 윈드렉스는 신중하게 접근하기로 했을 것이야."

"윈드렉스가?"

"그는 배려심이 깊은 형제일세."

프라이오스가 추억하듯 말했다.

"우선 루이체에게 프라임들이 할 수 있는 일들을 단 하나도 가르쳐주지 않았지. 경작지를 넘어 우주 전체를 완파할 수 있는 것이 바로 프라임이라는 존재라네. 하지만 그처럼 강력한 힘에 비해 루이체가 윈드렉스에게 빈 소원은… 그다지 긍정적이지 않았지."

"긍정적이지 않은 소원이라고?"

"그것이 무엇인지는 루이체에게 들어라. 내 목소리로 듣는 것보다는 훨씬 와 닿겠지."

프라이오스는 공을 튕기듯 자신이 띄워놓은 곰 인형의 허상을 두드려 땅과 자신의 손 사이를 왕복하게 만들었다.

[너, 대체 무슨 소원을 빈 거야?]

리오는 정신감응을 이용하여 다급히 동생을 찾았다.

루이체는 한참동안 대답이 없었고 프라이오스는 그녀가 당장 대답할 수 있을 만큼 대담한 성격이 아님을 알아봤기에 곰 인형을 계속 튕기며 자신이 정지시킨 세계를 둘러봤다.

한편 리오는 대단히 당황하고 있었다.

[말도 안 돼. 네가 나에게 이야기하지 못할 만큼 끔찍한 소원을 빌 리가 없잖아?]

[오빠가 그렇게 생각하니까 내가 얘기를 못 하는 거야.]

[그럼 그 소원이라는 게 뭔데? 설마 남자 친구?]

[하아…….]

둘의 정신감응을 엿듣고 있던 프라이오스는 곰 인형의 머리를 붙든 채 들어 올리며 자신을 되돌아봤다.

'생각해 보니 내가 농담을 할 때도 지금처럼 썩은 느낌의 침묵이 흘렀던 것 같군. 내가 저리도 추한 모습이었단 말인가?'

그가 사소한 걱정을 하는 한편, 리오가 던진 말에 너무 화가 나 잠자코 있던 루이체는 그가 다른 사람들에게는 지금과 같은 저질의 농담을 하지 않음을 알기에 결국 이야기를 하기로 마음먹었다.

[하이볼크를… 죽이고 싶다고 했어.]

[아, 그래?]

리오가 별 느낌 없이 받아들이자 펄쩍 뛴 쪽은 루이체였다.

[하이볼크는 이 세계의 창조주야! 하이볼크를 죽인다는 건 이 세계 자체를 없애버린다는 뜻이나 다름없단 말이야!]

[그걸 알았으니 지금은 생각이 다르겠네?]

그는 루이체의 생각이 달라졌을 것이라는 확신을 전제로 대화를 이끌었고 그 방향은 매우 성공적이었다.

[응…….]

[그럼 지금은 무엇을 소원하는지 이야기해 봐.]

[딱히 없어.]

[혼이 나야겠군.]

[프라이오스 프라임께서 말씀하신 그대로야. 난 이 세계
에 돌아온 이후 얼마 가지 못해서 절망했어.]

[…….]

[내 소원을 들어주신 윈드렉스 프라임께서 쉬프터들의
사령관들 중 한 분이시고, 하이볼크는 그 쉬프터들을 잡아
서 몰아내기 위해 발악하고 있었지. 난 내가 누구의 편을
들어야 하는지, 또 내가 아는 지식으로 뭘 어떻게 할 수 있
지 전혀 알 수 없었어.]

리오는 거기서 의문점을 하나 가졌지만 나중에 풀어보기
로 하고 동생의 이야기를 계속 들었다.

[하이볼크는 우리를 계속 의심했어. 피엘 비서관님도 그
랬지. 결국 난 모든 것을 오빠에게 떠맡기고 거의 개입하지
않았어. 난 계속… 나쁜 짓을 하고 있었던 거야.]

혼을 내줄 테니 얼굴이라도 한 번 보자. 리오는 그 말을
하고 싶었지만 그는 허상을 제외하고는 방법이 아직은 없
음을 알고 있었다.

실제로 루이체가 자신의 몸에서 빠져나가면 곧장 자신과

오리지널 리오 스나이퍼를 붙여주는 요소가 끊기기 때문에 만난다는 것은 불가능했다.

"이봐, 프라이오스라는 분."

리오가 자신을 그렇게 부르자 프라이오스의 가면 속에서 실소가 터졌다.

"그냥 프라이오스라고 불러라. 그렇게 부르는 것이 너에게 어울리겠지."

"그래, 프라이오스. 윈드렉스의 배려심이라는 게 뭔지 좀 알겠어."

프라이오스는 고개를 끄덕거렸다.

"그렇다. 루이체에게는 너라는 보호자가 필요했지. 프라임이라는 거대한 힘에 조금이나마 어울리는 판단력과 경험, 그리고 책임감을 가진 자는 필수였다. 그리고 필수까지는 아니지만⋯ 어린아이에게 어울리지 않는 그 소원을 진심으로 다그쳐줄 수 있는 자도 필요했겠지."

"그게 나란 말인가?"

리오가 쓴웃음을 지었다.

"넌 하이볼크를 어찌한다고 해결되는 일이 아무것도 없음을 일찌감치 알았을 것이야. 하이볼크를 칠 수 있는 힘을 얻었음에도 불구하고 결국 실행하진 않았지."

"맞아."

리오는 그 미소를 유지한 채 모든 것이 멈춘 하늘을 올려다봤다.

"상대를 죽이고, 비난하고, 능멸한다고 해서 내가 더 잘난 놈이 되는 건 아니거든. 하지만 한 번이라도 좋으니 시원하게 때려봤으면 소원이 없겠어."

"어째서?"

"당신이라면 그 얼뜨기 창조주를 칭찬하고 싶겠나?"

"글쎄? 하이볼크에 대해 잘 모르지만… 다소 철이 없긴 한 것 같더군. 하지만 불쌍한 존재이기도 하지."

"불쌍하다고? 어떤 면에서?"

"그는 이 신계에 한정하여 가장 위대한 존재이긴 하지만 이것도 저것도 아니거든."

리오의 눈 밑이 한 차례 떨렸다.

"그건 내가 하이볼크를 처음 만났을 때 들었던 말인데?"

"그렇다면 그 신은 자신의 입장을 상당히 잘 알고 있군. 그는 이 신계의 실권자가 아니야. 세계의 근간을 마음껏 다룰 수는 있어도 자기 자신을 다룰 수는 없는 입장이지."

"좀 자세히 듣고 싶은데?"

"호오."

프라이오스는 리오를 바라보며 다시 팔짱을 꼈다.

"넌 나름대로 하이볼크를 존중하고 있었군. 네가 그를 의심조차 하지 않고 미워한 이유가 그것인가?"

"…무슨 말을 하는 거지? 하이볼크가 그냥 허수하비란 뜻인가?"

"흠. 정말 앞만 보고 달려왔군. 그것이 윈드렉스의 배려라면 나는 다시금 인정해야겠지."

"듣자 하니 짜증나는군."

리오가 따지고 나섰다.

"그 윈드렉스가 왜 내 동생의 소원을 들어주고 배려해 준 거지? 우주 전체를 뒤집을 수 있는 존재가 그 많고 많은 존재들 가운데 루이체를 선택한 것은 이해할 수가 없는데?"

"물론 그 아이만을 위한 일은 아니었지. 너희들은 필연적으로 사이악스를 도울 수밖에 없었거든."

"내가?"

"그 결과물이 바로 조금 전의 상황이다. 하얀 우주의 의지가 결국 그 목적을 간파당하고 직접 모습을 드러냈지. 네가 단순히 하이볼크의 하수인이었다면 그 단계까지 가지도 못했을 것이야. 네오 올림포스였나? 거기서 아테나에게 박살이 나고 네 여행은 끝났겠지."

설명을 들은 리오는 한 번 이를 악물었다.

"그건 또 어디서 들었나? 사이악스인가?"

"그는 네가 자신의 연산압박을 따라하여 아테나에게 일

격을 가하는 모습을 보자마자 윈드렉스의 선택이 무엇인지 깨달아 '감동'을 했다고 하더군."

그것은 아테나의 압도적인 힘을 어떻게든 이겨내기 위해 온갖 발악을 하던 때의 이야기였다.

당시 리오는 아테나가 걸어온 군중제어로부터 벗어나기 위해 당장 동원할 수 있는 또 다른 위상, 즉 오리지널 리오 스나이퍼를 잠깐 드러내기도 했다.

그러나 그것으로는 궁지에서 벗어날 수만 있었을 뿐, 승리를 얻을 수 없었다.

그는 군신의 전투능력을 압도하기 위한 능력을 원했고 궁리한 끝에 사이악스가 자신에게 보여줬던 연산압박의 공식을 재현해 봤다.

그는 결국 세상 전체에 몇 초의 틈을 만들 수 있었다. 이후 이론상 알고 있던 기술들을 사용하는 것도 가능해졌다.

"하긴, 그 이후로 사이악스가 나를 이리저리 도와줬던 것 같군."

"이유가 없으면 이뤄질 수 없는 일들이지."

"후우……."

리오는 증기기관의 굴뚝처럼 입김을 뜨겁게 내뿜었다.

"그래, 이유. 좋아. 난 원래 이용당하기 위해서 태어났지만 설마 하이볼크 외의 존재들에게도 이용당할 줄은 몰랐군. 내 삶은 정말 단순해서 좋아."

"내 형제들이 너를 이용했다는 사실은 인정하마. 하지만
네가 나에게 분노하는 진짜 이유는 루이체 역시 이용당했
다고 생각하기 때문이겠지."

"아주 잘 아시는군."

리오가 코웃음소리를 섞어 빈정댔다.

"같은 프라임들의 일인데 왜 그렇게 상쾌하게 인정하시
나?"

"넌 네 형제들의 병신 짓… 아니, 어리석음이 분명한 행
동을 접했을 때 기분이 좋았나? 편을 들어주는 것도 정도가
있는 법이다. 나 역시 매우 화가 난 상태지."

"화가 난 분 치고는 목소리가 안정적인데?"

"형제들의 그러한 행동을 내가 몇 번이나 봤을 거라 생각
하나?"

"난 그전에 당신 나이를 몰라."

"이 우주 전체에서 나보다 오래된 존재가 그리 많진 않
지."

리오도, 리오 안에 있는 루이체도 자못 놀랐다.

"목소리는 젊은데?"

표현하자면 흰 무늬가 은은히 섞인 검은색 수석(水石)처
럼 안정감과 차분함을 간직한 저음의 목소리였다.

"재미없는 목소리지."

"그래도 여자들에게는 인기 있을 것 같은데요?"

프라이오스는 루이체의 평가가 청각에 들어오지 않았다. 루이체 대신에 목소리를 내는 리오의 모습 때문이었다.

"난 왜 기쁘지 않은 것인가?"

"묻지 마."

리오는 오른손으로 자신의 얼굴을 덮었다.

"아무튼, 그러한 일이 있을 때 내가 격분해 봤자 해결되는 일은 없었지. 차라리 공정한 마음가짐을 바탕으로 그들을 타이르는 것이 낫더군."

"실제로는 때려주고 싶었다는 말처럼 들리는군."

"음… 막말로 하자면……."

프라이오스의 가면에서 붉은 빛이 조금 흘러나왔다.

"그 연놈들을 홀랑 벗겨서 찬물에 적신 뒤 채찍질하고 싶었던 적이 한두 번이 아니었지."

"그렇군. 그런데 프라임 클래스에도 여자가 있었나?"

"깊게 묻지 마라."

"음…….."

정말 질문했다가는 위험할 것 같다는 느낌이 들었기에 리오는 군소리 없이 응했다.

"윈드렉스가 왜 하필 루이체를 택했는지는 나도 모르겠

군. 그 형제의 생각을 이해할 수 없어. 아무리 정당한 이유가 있었다 해도 윈드렉스의 행동은 너무나 이기적이었다."

프라이오스가 말했다.

"이기적이라니?"

"우리와 같은 영원한 존재들에게 있어서 영원한 안식은 최고의 영광이다. 그리고 윈드렉스는 자신이 그러한 영광을 얻을 자격이 있는지를 우리 형제들에게 묻지도 않았지. 그것이 이기심이 아니고 무엇이란 말인가?"

"그렇군."

영원한 안식이 최고의 영광이라는 프라이오스의 말은 리오의 마음에 깊이 와 닿았다.

"좋아, 대충 알았어. 이제 어쩌지? 난 하얀 우주의 의지라는 놈을 그냥 악당으로 생각하고 해치우면 되나? 일이 끝나면 우리들은 어쩔 건데?"

"모르지."

"……."

리오는 시선을 통해 자신의 불만과 실망, 그리고 약간의 좌절감을 명확히 전달했다.

그 눈빛이 너무 따가웠기에 프라이오스가 다시금 진지하게 말했다.

"나는 하얀 우주의 의지에 관한 일을 시작으로 이곳에서 처리해야 하는 사안이 대단히 많다. 사이악스에게 그렇게 부탁받았지. 하지만 권한을 양도받았다 하더라도 너와 네 친구들의 일까지 내가 처리해 버리면 그것은 지나친 참견이 아니겠나?'

"우리를 존중해 주는 말인지, 아니면 참견의 결과가 두려워서 그런 소리를 하는 건지 잘 모르겠군."

프라이오스는 한참 가만히 있다가 가까스로 목소리를 냈다.

"참견의 결과가 두려운 것이다."

"그런가? 그럼 잘 됐군! 이미 이 세계는 더 망가질 구석이 없어! 당장 당신이 이 세계를 날려버리면 난 웃으며 환영해 줄 수도 있다고! 그 정도로 막장이란 말이야!"

"너희 신계의 꼬락서니가 끝장나게 웃긴 것은 나도 안다."

리오의 입이 거칠어지니 프라이오스가 선택하는 단어도 거칠어졌다.

"하지만 그럴수록 사이악스의 이야기를 들어봐야만 하겠지. 그 미친놈이… 아니, 제정신인지 의심이 되는 나의 형제가 이 환경을 만든 주범이니까."

"그럼 그 사이악스는 언제 오는데? 아테나가 무슨 사이악스의 대리인인 양 3번 경작지의 본거지에 남아 있다고."

프라이오스의 가면 사이에서 갑자기 흰 빛이 터졌다.

"아테나? 군신 아테나 말인가?"

"아테나를 알고 있나?"

"됐으니 대답해라. 그 신이 어디에서 뭘 하고 있다고?"

"잠깐, 몰랐나?"

"듣지 못했다."

프라이오스의 반응이 리오를 혼란케 했다.

"너는 아테나라는 신이 사이악스의 대리인인 것처럼 그곳에 남아 있다고 말했는데, 그렇게 생각한 근거는 무엇인가?"

"사이악스의 엠프레스가 아테나를 그냥 데리고 있는 게 아니라 모시고 있다는 느낌을 받았거든. 다른 퀸 클래스도 그렇고."

"허, 미쳤군."

프라이오스의 분노가 열기로 변하여 주변의 공기를 살짝 달궜다.

"함부로 내 일을 가로채?"

프라이오스의 분노에 잠시 압도된 리오는 그가 왜 사이악스에게 분노하고 있는지 이해하기 힘들었다.

'프라임들 사이에도 뭔가 있는 건가?'

가만히 선 채로 분노를 억누르던 프라이오스는 리오에게

다가가서 그의 어깨를 소리가 날 만큼 강하게 눌렀다.

"좋아, 내가 하이볼크를 만나보마. 그 외의 관계자들도 모조리 만나주지. 단, 나의 모든 행동은 내가 사이악스의 본거지에서 조사를 마친 이후에 시작될 것이다. 넌 그때까지 알아서 살아남아라."

"살아남으라니?"

"하얀 우주의 의지가 직접 모습을 드러낸 것은 이 신계의 뒤편에 오랫동안 쌓여 있던 고름이 터졌다는 뜻이나 다름 없다. 네가 친구와 동료, 혹은 은인이라 생각했던 모든 자들이 자신의 본래 목적을 위해 적으로 돌변할 수도 있다는 뜻이지."

"……"

"이 세상에 너와 네 동생, 단 둘 만이 존재한다고 생각하는 게 나을 것이다. 너희들을 포함한 몇몇 극소수를 제외하고는 모두 제3자의 간섭으로부터 자유롭지 않거든. 예를 들어… 창조주라던가."

말을 마친 프라이오스는 자신과 리오의 위치를 연산압박 이전의 장소로 되돌렸다.

"건투를 빌겠다, 검은 옷의 수호자여."

그리고 강제로 억눌려 있던 시간이 다시 흘러갔다.

"어린 동포들이여."

프라이오스가 흠집의 룩과 그 외의 쉬프터들을 불렀다.

"그대들은 나와 함께 3번 경작지의 본거지로 돌아간다. 3분 정도 시간을 줄 테니 준비하도록."

흠집의 룩은 프라이오스가 왜 3분의 시간을 줬는지 궁금했으나 자신과 함께 움직여온 어린 쉬프터들을 둘러보는 도중에 리오의 일행이 눈에 들어왔다.

'역시 사이악스님과는 방법이 다르시군.'

그는 가장 먼저 키르히를 향해 다가가 손을 내밀었다.

"너에게 가장 폐를 끼쳤다, 키르히 펙터. 하루 빨리 네 세계로 돌아가서 본래의 생활을 되찾도록 해라."

룩의 말을 들은 그 선명한 갈색 머리의 청년은 카샤와 손을 잡은 채 나란히 서 있었다.

"정말 가능할까? 전부 회색으로 변해버렸다고."

키르히는 자신의 질문에 대해 들려올 답이 두려웠다.

"회색? 아, 관리자를 잃어 초토화가 된 것 말이로군. 안심해라. 그것은 혹시 모를 세력이나 존재에게 그 땅이 이용당하는 것을 막기 위한 기본조치 중에 하나다."

카샤를 직접 데려온 킹 클래스에게 그에 대한 이야기와 더불어 다른 동포들의 희생 소식을 들었던 흠집의 룩은 마음이 복잡했지만 사냥꾼에 의한 일방적 폭력의 희생이 아니라 '전사(戰死)'였기 때문에 증오심을 품지는 않았다.

"너희들의 세계는 그 위치가 미묘하기 때문에 우주 기생충들은 물론 아우터 갓의 포식으로부터 스스로를 지킬 수가 없지. 하지만 그렇게 초토화시켜 놓으면 너희들의 세계는 먹히지도, 기생당하지도 않는다. 관리자만 자신의 자리로 돌아간다면 너희들의 세계는 다시 움직일 테니 안심해라."

흠집의 룩은 상대에게 내민 손을 흔들어 악수를 재촉했다.

"그동안 수고했다, 키르히 펙터. 이것은 우리 경작지의 입장이 아니라 나의 개인적인 감상이다."

키르히는 옆에 있는 카샤의 손을 꽉 잡은 채 흠집의 룩과 악수를 나눴다.

"당신네들도 참 피곤하겠네."

"그래도 재미있을 때는 재미있지. 너희들을 만난 이후가 가장 재밌었던 것 같군."

인사를 마치고 프라이오스의 곁으로 가는 도중, 흠집의 룩은 하이엘바인이 누워 있는 침대를 흘끔 봤다.

침대의 커튼 때문에 안쪽은 시각적으로도, 그리고 각종 감각적으로도 보이지 않았지만 하이엘바인은 여전히 누워 잠을 자고 있었다.

흠집의 룩은 그것이 꺼림칙했다.

'투시가 전혀 안 되는데… 난 왜 그녀가 누워서 잔다고 판단한 것인가?'

그리고 하이엘바인의 목숨을 위협할 만한 상황이 있었음에도 불구하고 평소에 그녀를 애지중지한 오딘이 나타나지 않은 것도 의심스러웠다.

걷기만 하던 그가 우뚝 멈췄다.

'의심하는 자가 아무도 없단 말인가? 저 리오 스나이퍼조차?'

그는 잠시 망설였다.

'참견은 우리에게 금지된 일이지만… 이것이야말로 빚을 갚는 일일지도 모르겠군.'

그는 마음속으로 목숨을 내려놓은 채 리오를 불렀다.

"리오 스나이퍼여."

"악수라도 하자는 건가?"

"아닐세. 은인에게 내가 먼저 악수를 청할 수는 없지."

홈집의 룩이 고개를 저었다.

"가급적이면 오딘도 의심해 보게."

"내가? 스승님을? 왜?"

리오가 황당하다는 듯 쓴 웃음을 지었다.

"지금 시기에 손이 깨끗한 존재 따위가 있을 것 같나?"

"……."

말을 남긴 흠집의 룩은 다른 동포들과 함께 프라이오스의 힘에 휩싸여 사라졌다.

프라이오스가 떠난 탓에 행성의 붕괴가 진행되었다. 리오는 일행들에게 손짓하여 철수를 준비시켰다.

"어디로 갈 건가?"

카이리 블랙테일이 리오에게 물었다. 10여 분도 안 되는 짧은 시간 동안 우주적 존재들의 등장과 난동, 그리고 폭로 등을 제대로 목격한 탓인지 그녀의 당당함도 조금은 빛이 바랜 상태였다.

"잡혀가도 드래고니스에서 잡혀가고 싶은데, 괜찮겠습니까?"

"일이 생기면 전부 자네 책임일세."

갈색 피부의 카이리가 씩 웃었다.

"알고 있습니다. 누가 책임을 물으면 제가 협박했다고 하십시오."

"말로 넘어갈 수 있으면 좋겠군. 어찌하시겠습니까, 제왕이시여?"

아주 오랫동안 존재감 없이 지내왔던 바이칼은 아레스와 리오를 각각 천천히 살펴봤다.

둘 다 자신이 알고 있던 그 '리오'가 아님을 그는 오래전부터 알고 있었지만 크게 신경 쓰지는 않았다. 그들과 함께 있을 때 느껴지던 공기가 전혀 낯설지 않았기 때문이다.

하지만 하얀 우주의 의지가 리오로부터 루이체를 꺼내는 모습을 목격한 이후부터는 리오는 물론 자신의 존재에 대한 의문까지 갖고 있었다.

"이제 와서 친구로 지내자는 말을 할 생각은 없어, 제왕님."

리오가 가볍게 고개를 흔들며 말했다.

"난 네가 알고 있는 그놈이 아니야. 기억은 갖고 있지만 말이지."

"그런데 왜 이 몸에게 경박한 말을 하는 것인가?"

"나쁜 버릇이랄까? 너라는 존재가 낯설지 않아서 말이야."

"……."

"아무튼 지금은 부탁할게. 나는 이곳에 남겨놔도 상관없어. 하지만 다른 사람들에게는 쉴 곳이 필요해."

"흥."

바이칼이 팔짱을 끼며 고개를 돌렸다. 블루블랙의 아름다운 머리카락이 찰랑찰랑 움직였다.

"지금까지 네놈들을 귀찮게 한 값을 제대로 치르는군. 좋을 대로 해라, 리오 스나이퍼. 하지만 블랙테일 족장의 말대로 모든 책임은 네가 져라. 그리고 이몸은 네놈에게 협박

당한 것이다. 알겠나?"

"진심으로 고맙군."

리오는 오른손을 왼쪽 가슴에 댄 뒤 허리를 굽혀 감사를 표시했다.

카이리는 비상 장치를 사용하여 드래고니스로 갈 수 있는 공간의 문을 열었다.

리오는 키르히와 아레스로 하여금 하이엘바인을 침대 째로 들어 옮기게 한 후 궁니르가 떨어졌던 장소를 찾아봤다.

오딘이 만든 그 무시무시한 창은 어디에도 없었다.

'손이 깨끗한 자는 없을 거라고?'

그는 흠집의 룩이 자신에게 한 말을 다시 떠올리며 아직 일어나지 못하고 있는 지크를 부축했다.

지크가 입은 갑옷의 실제 무게는 사실 엄청났지만 오딘이 만져준 얼터너티브 디바이너에 비해서는 깃털에 불과했기에 리오가 옮기는 것에는 아무런 문제도 없었다.

"일어나지도 못할 정도야?"

"숨도 못 쉬겠어. 진짜로."

지크의 목소리에도 힘이 빠져 있었다. 리오는 지크의 왼팔을 자신의 뒷목에 걸친 채 그를 질질 끌고 공간의 문으로 향했다.

"네놈과의 악연이 왜 이렇게 긴지 모르겠어. 난 왜 항상

이 꼴일까?"

지크의 질문에 리오는 눈짓으로 다른 이들을 먼저 공간의 문 안에 들어가게 한 뒤 제법 큰 소리로 웃었다.

"넌 항상 '결심'만 했잖아? 그러니 '결과'가 안 좋지."

그 한마디에 지크는 자신이 여태껏 해왔고, 그 이후 잊거나 실패했던 수많은 결심들을 떠올릴 수 있었다.

"결국 난 멍청이로 시작해서 멍청이로 끝날 팔자인가?"

"이봐, 넌 바람을 뛰어넘었어. 창조주가 너에게 준 한계를 능가한 거야. 결심조차 하지 못하는 놈들에겐 불가능한 일이라고."

정작 내가 뛰어넘고 싶었던 것은 너였다. 지크는 그 말을 입 밖으로 꺼낼 수가 없었다.

"너를 오래전부터 알아왔던 놈들이 지금 한 명이라도 존재한다면 분명 자랑스러워할 거야."

"…왜?"

"나도 네가 자랑스러우니까. 이 갑옷의 무게만큼 말이지."

리오는 지크를 계속 끌고 걸음을 옮겼다. 얼마 뒤 지크도 힘을 내어 땅을 디뎠다.

"꼭 두 번 다시 못 볼 놈처럼 말하는군. 그런 말 하면 웃기지도 않는 일이 일어나는 거 몰라?"

지크가 투덜거렸다.

"아마도 일어나지 않을까?"

리오가 말하자 투구의 고글 속에 숨겨져 있던 지크의 눈이 리오 쪽으로 움직였다.

"어째서?"

"일 돌아가는 꼬락서니가 그렇잖아?"

"하, 제길."

지크는 오른손을 들어 자신의 투구에 붙은 고글을 힘껏 뜯어냈다.

"그거 애지중지하지 않았나? 과거의 어쩌고 하면서?"

"모르면서 지껄이지 마"

홈집투성이의 고글이 멸망을 향해 치닫는 행성의 땅바닥에 툭 떨어졌다.

"저건 엄마 몰래 새로 샀던 놈이라고."

"진짜는?"

"엄마가 생일선물로 주신 건데, 오토바이 타다가 갈아엎었어."

"……."

"그냥 그렇다고."

지크가 한탄했다.

"이제 앞이 좀 보이네."

둘의 모습이 공간의 문을 통과하면서 그 세계에서 사라졌다.

남겨진 고글은 행성의 붕괴가 초래한 고압과 고열도 이겨냈으나 그대로 우주를 떠돌 뿐, 다시는 주인의 손에 돌아가지 못했다.

공간의 문이 인도하는 목적지에 도달한 리오는 자신도 모르게 지크의 팔에서 손을 떼었다.

지크는 그의 갑작스러운 행동에도 불구하고 중심을 잃지 않고 똑바로 땅에 섰다.

그만큼 긴장했기 때문이었다.

그들보다 앞서 공간의 문을 통과한 일행은 보이지 않았다. 하지만 아레스와 키르히가 옮기던 하이엘바인의 침대는 온전히 놓여 있었다.

리오와 지크는 이른바 '신계의 구석'이라 흔히 이야기되는 장소에 있었다.

그곳에 있는 특이사항은 오래전부터 딱 두 가지였다.

하나는 파멸의 과정에서 죽은 채 남아버린 위그드라실의 뿌리였고 다른 하나는 기울어진 옛 신계의 잔재, 발할라였다.

두 특이사항의 공통점이 리오를 새삼 소름끼치게 만들었다.

"어이, 리오."

지크가 그를 불렀다.

"중요한 얘기겠지?"

"응."

지크는 고글이 없어져 눈이 훤히 드러난 투구를 통해 리오를 보고 있었다.

"갑옷을 벗을 수가 없어."

"……."

"저분을 보자마자 벗으려고 했는데 그게 안 돼."

지크가 눈짓으로 누군가를 가리켰다.

하이엘바인의 침대 옆에는 마치 산처럼 커다란 체구를 가진 늙은 신이 서 있었다.

늙음이라는 표현이 가능한 것은 얼굴의 생김새일 뿐, 그의 피부와 근육은 예나 지금이나 생생했다.

얼굴을 덮은 수염의 색도 세월이 앗아간 것이 아니라 원래 그러한 색이었고 항상 신선한 윤기를 지니고 있었다.

"그래, 그랬지."

리오가 쓴웃음을 흘렸다.

"당신은 신들의 아버지이자 전쟁에서 죽은 자들의 아버지이고, 또한 모든 생물들의 주인이니."

리오는 있어야 할 장소에 없는 자신의 검, 디바이너의 빈

자리를 만지작거리며 입을 계속 움직였다.

"그로서 당신은 빛나는 눈과 불타는 눈, 그리고 광활한 지식을 가진 승리의 아버지로서 교활함과 야비함의 오명마저 마음껏 즐기시리라. …였던가?"

"잘 기억하고 있구나, 리오."

그 노인, 오딘의 주변에 네 마리의 짐승들이 나타났다.

게리와 프레키, 후긴과 무닌이 마치 전혀 다른 존재들인 것처럼 살기와 위압감을 흘리며 리오와 지크를 노려봤다.

오딘의 두 눈이 각기 다른 색으로 빛을 냈다.

"네가 내 앞에 다시 나타났을 때가 기억나는구나. 정말 놀라웠지. 눈에 보이는 것은 너였지만 막상 감지되는 것은 루이체였어. 난 너희들이 왜 그러한 모습을 하고 있는지 궁금했단다."

리오는 이 세상에서 다시 의식을 되찾자마자 마주한 존재가 오딘님을 기억하고 있었다.

"제가 정신을 차리기 전의 일을 잘 알고 계시는군요."

"그렇지."

오딘이 고개를 끄덕였다. 그의 풍성한 수염이 목과 가슴을 보호하는 갑주와 마찰하면서 푸른색의 전기불꽃을 토했다.

"낯익으면서도 낯선 너희들을 데려온 존재는 무려 우주

였단다."

오딘은 두 팔을 좌우로 펼쳤다. 하얀색 모피 망토 밖으로 기암괴석처럼 선이 굵은 근육들이 팽팽하게 흥분하고 있었다.

"이 우주는 살아 있지! 아주 생생히 살아 있어!"

"……."

"그냥 짐승처럼 살아 있는 것이 아니라 참된 의미의 신처럼 자신의 의지를 가지고 있고, 세상 만물을 지켜보는 한편으로는 현실로 이루어지는 꿈을 꾸어 이 세상에 개입하고 있더구나."

"그것이 '주인' 입니까?"

"그렇단다."

오딘은 두 팔을 다시 내렸다.

"입장이 신인지라 운 따위는 믿지 않았지만 그날 이후로 나는 내가 대단히 운 좋은 존재라고 믿게 되었단다. 네가 설마 나에게 그 절대적 존재를 마주하게 되는 계기를 줄 것이라고는 예상 못했거든."

"얼마나 도움이 되었습니까?"

리오가 웃었다. 오딘도 마주 웃었다.

그것은 더 이상 제자와 스승이 나누는 미소가 아니었다.

"신과 인간이 가까이 했던 아스가르드 시절, 인간에게 있어서 신은 자연보다 강대한 존재였고 봉우리가 하늘에 닿은 산처럼 오를 수 없는 존재였단다. 하지만 어떻게 생겨먹었다는 것을 알기에 추앙을 하는 한편으로는 생김새를 통해 얕볼 수도 있었지. 범접할 수 없는 공포 정도는 아니었어."

"그래서, 주인의 존재를 알아버렸기에 준비를 하실 수 있었던 겁니까?"

"그렇단다. 그리고 계획대로 미미르가… 하얀 우주의 의지가 이 신계에서 쫓겨났지. 이제 더 이상 나에게 간섭할 수는 없을 것이야."

"……."

"놈은 이제껏 그래왔듯이 이곳이 아닌 다른 어떤 곳에 숨어서 또다시 계획을 짜겠지. 이제 남은 것은 프라임과 주인이야."

"그들마저도 쫓아내실 생각이십니까?"

"후후, 그들은 격퇴할 수 없을 뿐더러 격퇴한다 해도 나에게 득이 될 것은 없단다. 내가 도망쳐야만 하지."

오딘이 손짓하자 하이엘바인의 침대가 태풍에 휩쓸린 오두막처럼 산산이 부서지며 날아갔다.

나체가 된 채 서 있던 하이엘바인의 몸에 황금색의 판금철갑, 보르케다인 발키르가 빈틈없이 씌워졌다.

"미미르는 나에게 많은 것을 가르쳐 주었단다. 대표적인 것이 바로 프라임들에게 저항하다가 사라진 아우터 갓들의 이야기지. 그들은 멍청했어. 평행우주를 만들어 그곳으로 도망치는 것까지는 좋았지만 모습과 규칙을 원본에서 그대로 따왔기 때문에 프라임들의 추적을 피할 수 없었지. 하지만 나는 달라."

오딘은 하이엘바인의 뒷머리에 손을 댔다.

"한때 존재했던 나만의 세계라면, 독특한 모습과 규칙을 가진 그 위대한 세계라면 프라임들조차 손을 댈 수 없지."

"자신감이 넘치시는군요."

"미미르가 가르쳐준 프라임들의 모든 것, 그리고 네가 가르쳐준 주인의 모든 것을 기초로 한다면 문제는 없단다."

"아스가르드를 다시 창조하시어 그곳에 틀어박히시겠다는 말씀이십니까?"

"프라임들은 아우터 갓들을 종종 잡종이라고 부른단다. 난 놈들과 달리 절제를 알지. 난 내가 만들고 관리했던 세계로 충분해."

"하긴, 워낙 작고 보잘 것이 없어서 프라임들도 집념을 갖진 않겠군요."

리오는 쓴웃음을 옆으로 흘렸다.

"그럼 거기서 행복한 노후를 보내십시오. 더는 뵐 일이 없을 것 같으니 인사드리겠습니다."

"음, 아니야."

오딘은 하이엘바인의 뒷머리를 계속 쓰다듬으며 고개를
저었다.

"넌 달라. 난 이제부터 네가 신경 쓸 일을 할 계획이거든.
게다가 넌 나를 상대로 도박을 하여 몇 번이고 승리를 쟁취
하던 유일한 적수였지. 그냥 놔둘 수는 없어."

"그럼 그냥 카드 게임으로 끝내시지요, 스승님?"

리오가 눈을 부릅떴다.

"의자 두 개와 탁자 하나, 카드 몇 장으로 끝내잔 말입니
다!"

"이미 늦었다, 제자야."

하이엘바인의 몸 전체에서 녹색 빛이 찬란히 올라왔다.

"이야기가 전해지는 한 전사는 불멸."

오딘이 중얼거렸다.

"나의 혈육, 하이엘바인이 살아오며 기록해 왔던 모든 이
야기가 이 자리에서 되살아나리니!"

하이엘바인, 어느새 오딘의 뒤편에 자리 잡은 발할라, 그
리고 지하에 있는 위그드라실의 잔재가 같은 색으로 빛나
며 신계에서 공명했다.

"원탁의 인재들이여, 자리로 모여라! 적을 규탄해야 할

때가 왔다!"

오딘의 좌우에 아롤과 제홉이 각각 나타났다. 더불어 리
오가 알고 있던 신계 최강자들, 즉 신계의 개변과 시간의
역전에서도 자기 자신들의 기억과 존재를 온전히 보존할
수 있었던 모든 존재들이 차례로 나타나 자리를 잡았다.

그 안에는 얼마 전 아테나에게 원탁의 존재를 이야기했
던 가브리엘은 물론 디아블로와 제천대성의 모습도 있었
다.

그들의 선봉에 녹색으로 빛나는 하이엘바인이 천공에서
불러낸 궁니르를 붙잡으며 당당히 자리 잡았다.

그녀의 옆에는 브리간트가 나타나 은색의 채찍을 들었
다. 채찍이 한 번 움직이자 노파의 모습이었던 브리간트가
하이엘바인만큼 젊은 모습으로 변했다.

리오가 밟고 있는 땅 전체에 식물의 냄새가 났다.

신계 전체가 지하로부터 부활해 올라오는 위그드라실에
뒤덮이고 있었다.

그렇게 자리가 마련되고 있음에도 불구하고 오딘의 표정
은 좋지 못했다.

그는 디아블로를 흘끔 노려봤다.

"굴팍시는 왜 가져오지 않은 것인가?"

"책임은 제가 지겠습니다, 위대한 주신이시여."

디아블로가 열기 섞인 숨을 내뿜었다.

"저 남자와의 진정한 승부를 허락해 주십시오."

그는 디아블로가 본래 가지고 돌아가야 할 시류지 변환
갑을 여전히 껴입고 있는 지크를 사납게 바라봤다.

"그리고 더 큰 문제는 따로 있지 않습니까?"

"그렇지."

오딘은 리오와 지크 앞에 나타난 회색 망토 차림의 소녀
를 찢어 죽일 기세로 노려봤다.

"아비를 배반할 생각이냐?"

"소녀는 아버님의 계승자입니다."

그 소녀가 오른손을 리오 쪽으로 내밀었다.

"아버님께서 진심을 드러내신 덕분에 소녀 역시 영겁의
시간 동안 뒤집어쓰고 있던 거짓된 모습을 버릴 수 있었습
니다."

그녀, 하이볼크의 손짓에 맞춰 천공으로부터 보라색의
검이 나타나 리오의 앞에 떨어졌다.

"이제 아버님의 이야기 상대를 해 드리지요."

하이볼크의 곁에 안경을 쓰지 않은 피엘 플레포스가 기
계로 된 날개를 펄럭이며 내려왔다.

그녀의 착지 후 기계의 날개는 바로 흩어져 한 자루의 창
으로 변했다.

"결국 이렇게 되어버리는군요."

리오 쪽을 돌아본 피엘이 핼쑥해졌다.

리오가 발로 하이볼크의 엉덩이를 툭 밀어 앞으로 넘어 트린 것이다.

"역시, 하반신으로 신계를 정복할 남자였군."

하이엘바인이 그 모습을 보고 평하자 곁에 있던 브리간 트가 무슨 소리를 하냐는 듯이 그녀를 잠깐 봤다.

리오는 수치심에 얼른 일어나는 하이볼크를 같잖다는 듯 이 바라봤다.

"주신과 그 비서관께서 무슨 염치로 내 싸움에 끼어드는 지 모르겠군. 그 꼴은 또 뭐지? 미쳤나?"

"이것이 본래의 내 모습이다. 네가 나에게 감정이 있다는 사실은 잘 알고 있다, 리오 스나이퍼."

얼른 일어난 하이볼크는 흐뜨러진 자신의 머리를 만졌 다.

"그래? 그 감정의 색깔을 분홍색으로 오해한 것 같군."

리오는 하이볼크가 내려준 디바이너를 양손에 잡고는 나 뭇가지를 다루듯 간단히 꺾어 부러뜨렸다.

"불량품까지 주고 말이야."

"……."

그러자 지크가 키득거렸다.

"이해해야지 어쩌겠어? 우리 신께서 자신이 불과 몇 분 전까지 무슨 역할을 맡았는지 전혀 모르시나 봐?"

"이해하고 싶은 생각도 없고 시간도 없어."

리오가 다시 하이볼크의 뒷덜미를 붙잡아 들어 올렸다.

"묻겠는데, 당신 세계는 방금 전에 망한 건가?"

리오가 디바이너를 박살냈을 때 당황해 버린 하이볼크는 하이엘바인과 색깔만 다른 눈매로 리오를 바라보다가 얼른 고개를 털었다.

"아직 일부일 뿐이다, 리오 스나이퍼. 신계는 엉망이 됐지만 위그드라실과 내 세계는 규모가 완전히 다르니 지상의 생물들에게는 아직 영향이 끼치지 않았을 것이야."

"그렇군."

리오가 하이볼크를 노려봤다.

"그럼 계속 영향이 가지 않게 나가서 관리하고 있어. 그것도 못하면 당신은 진짜 허수아비 이하가 되는 거야."

"……."

하이볼크의 회색 눈동자가 심하게 떨렸다.

리오는 그 작은 주신의 이마에 자신의 이마를 댔다.

"괜찮아. 난 당신이 선택한 칼잡이야."

하이볼크를 내려준 리오는 오른손을 옆으로 내밀었다.

"그러니 믿어 보라고."

아무것도 없는 공간에서 대검이 형태를 갖추고 그의 손에 잡혔다.

그것은 칼날 전체가 기묘한 색을 띤, 어린아이 키와 비슷한 길이의 대검이었다.

형태가 그렇게 멋지진 않았지만 부러지거나 칼날이 나가는 문제로 주인을 배반할 것 같진 않아보였다.

"용서해 줄 테니까."

말을 맺은 리오가 씁쓸하게 웃었다.

"……."

하이볼크는 말이 없었다.

"저 녀석 말대로 하시죠?"

지크가 힘겹게 웃었다.

"나도 용서해 드릴 테니까요."

"이 무엄한 것들이……!"

하이볼크는 화를 내려다가 말고 눈을 꽉 감았다.

"되도록 빨리 해결해라. 위그드라실이 본격적으로 영향을 끼치게 되면 세계는 일시에 붕괴될 것이야."

"그럼 빨리 나가라고."

리오가 재촉했다.

하이볼크는 그 자리에서 물러나기 전에 오딘과 하이엘바인을 차례로 봤다.

오딘은 차가운 눈빛을 보냈고 하이엘바인은 아무런 응답도 보내지 않았다.

"잘 부탁하네."

하이볼크가 말을 남기고 사라졌다.

리오는 아직 남아 있는 피엘을 보릿자루 보듯 물끄러미 봤다.

"안경은 어쨌지?"

"끼지 않아도 시력에는 원래 문제없었어요."

"뭐, 맘대로 해."

"그래요. 당신이 준 자유에요."

리오의 머릿속에 아카식 레코드 안에서의 일이 얼핏 떠올랐지만 그는 '설마'라는 단어로 그 추억을 덮어버렸다.

"여유를 주마, 제자여."

오딘과 모든 이들이 있는 발할라가 나무의 급성장과 더불어 하늘 저편을 향해 올라갔다.

"너와 나의 마지막 도박을, 진정한 라그나로크를 피로 질펀하게 즐겨보자!"

오딘의 목소리가 점점 멀어졌다.

리오와 지크, 피엘은 삽시간에 불어나 자신들을 포위하고 있는 적대감들에 주의하며 숨을 돌렸다.

"오딘 할아범 말인데, 원래 저런 분이었나?"

"글쎄?"

리오는 대답에 앞서 피엘에게 눈짓을 하여 지크를 도와달라는 말을 대신했다.

피엘이 지크의 몸 상태를 회복시키는 한편, 리오는 손으로 뒷머리를 만지며 잠깐 생각에 잠겼다.

"그분 나름대로의 정리방법이 아닐까 싶기도 해."

"그래?"

"그분은 신이기 이전에 아스가르드 최후의 전사야. 하이엘바인은… 뭐, 나중에 생각하자고."

"흠……."

지크는 오딘의 행동을 이해해 보려고 했지만 그와의 인연이 리오만큼 깊지 않았기에 생각과 말을 함부로 할 수는 없었다.

하지만 던질 말이 아예 없는 것은 아니었다.

"그놈의 도박, 좀 져주지 그랬어?"

"그러게 말이지."

리오가 피식 웃었다.

"하지만 불안하긴 해."

그의 미소가 단숨에 가라앉았다.

"하얀 우주의 의지는 무려 프라이오스가 숙적으로 삼았던 놈이야. 그리고 놈이 우리들에게 잠깐 보여준 그 압도적인 힘에 비하면 이 아스가르드는 크리스마스 트리, 아니 감자의 싹 정도에 불과하지."

"……."

"제발 이걸로 끝났으면 좋겠군."

리오는 디바이너를, 자신과 함께 있는 루이체가 꿈을 꾸어 만들어준 그 검을 고쳐 쥐며 감각을 가다듬었다.

*　　*　　*

3번 경작지의 본거지에 간단히 도착한 프라이오스는 사이악스의 방으로 곧장 이동했다.

프라이오스의 모습이 갑자기 나타나자 아직 가면을 되살리지 못해 금발을 휘날리고 있는 엠프레스와 그녀에게 이런저런 이야기를 듣고 있던 아테나, 그리고 다른 모든 퀸 클래스들이 깜짝 놀랐다.

"사이악스… 님?"

아테나의 말에 프라이오스는 자신에게 인사를 하려는 엠프레스와 퀸 클래스를 손으로 제지한 뒤 고개를 흔들었다.

"군신, 아테나여. 난 프라임 회의의 의장이자 1번 경작지의 사령관인 프라이오스라고 하오. 사이악스의 부탁을 받아 이곳의 어린 동포들을 안심시키고 여러 가지 일들을 해결하기 위해 왔소."

"처음 뵙겠습니다, 프라이오스 프라임이시여."

아테나가 눈을 감고 고개를 잠깐 숙여 예의를 보였다.

"나 역시 군신을 만나 영광이오만… 아쉽게도 난 사이악
스에게서 당신에 대한 이야기는 아무것도 듣지 못했소."

프라이오스는 정중하게 말했다.

"군신이여, 처음 만나는 이 자리에서 무례한 부탁을 하겠
소. 당신이 사이악스의 자리를 대신할 자격이나 증거가 있
다면 부디 이 프라이오스에게 보여주시기 바라오."

엠프레스는 자신이 증명하겠다며 나서고 싶었으나 프라
이오스가 신을, 그것도 초기 단계의 아우터 갓을 정중하게
대하는 모습을 처음 봤기에 아무 행동도 하지 않았다.

"프라이오스 프라임이시여, 이 아테나가 당신께 아무것
도 증명할 수 없다면 어찌 하실 생각이십니까?"

"군신이여, 난 그대에게 해를 끼칠 생각이 없소. 그리고
그대가 이 자리에 아무런 이유 없이 왔다고는 생각하지 않
소. 당신이 이 자리에 있다는 사실 자체가 그 자격에 대한
증명이라오."

"그렇다면 어째서 이 아테나에게 자격과 증거를 원하십
니까?"

"사이악스의 생각을 한시라도 빨리 알고 싶기에 실례를

무릅쓰고 요청한 것이오. 그러니 다시 한 번 부탁드리겠소, 군신이여."

프라이오스는 옷매무새를 정돈한 뒤 아주 살짝 허리를 굽혔다.

아테나는 그 모습을 보고도 대답을 하지 않을 만큼 어리석지 않았다. 또한 그녀는 자신을 낮추는 상대의 모습에서 쾌감을 느끼는 독특한 성격의 소유자도 아니었다.

"이것은 주인께서 저에게 내리시는 시련입니다."

아테나의 입에서 주인이라는 말이 나오자 프라이오스가 움찔했다.

'사이악스가 의식을 잃고 파이록스가 아무런 말도 없이 그를 보호했던 그때… 주인님께서? 그렇군. 사이악스조차도 말할 틈이 없었던 일이로군.'

프라이오스는 허리를 펴고 자세를 바르게 했다.

"증명되었소. 이제 이 프라이오스가 프라임들의 의장으로서 당신을 인정하고 도와주겠소."

"감사합니다, 프라이오스 프라임이시여."

"그럼 잠시 이곳에 있으시오. 나는 3번 경작지에 대한 정보를 살펴보고 다시 돌아오겠소."

프라이오스가 본거지 내에 있는 대형 회의실로 이동했다.

그의 힘에 반응하여 수많은 양의 자료화면이 입체적으로, 마치 하늘의 별들처럼 어지럽고 아름답게 떠올랐다.

　프라이오스는 반짝이는 그 자료들을 보며 사이악스가 사용하는 의자를 두드렸다.

　사이악스를 존중하는 마음은 아직 깊었기에 그 자리에 앉지는 않았다.

　"자네가 무슨 미친 짓을 했는지 좀 구경하도록 하지."

　압축되어 있던 사이악스의 기록이 하나씩 껍질을 벗고 드러났다.

CHAPTER 104
비밀을 간직한 자들

만성적인 지루함은 프라임들에게 있어서 최대최악의 요소였다.

그들을 직접적으로 자극하는 요소는 이따금씩 나타나 쉬프터들을 기습하는 사냥꾼 정도였지만 그들은 지나칠 만큼 자신들을 감추고 다녔기에 분석을 시도하다가 포기하는 프라임들이 속출했다.

하지만 사이악스는 그렇지 않았다. 그는 사냥꾼의 관찰 및 행동양식을 철저히 분석하려 애를 썼고 또한 포기할 생각조차 없었다.

그가 포기하지 않는 이유는 사실 사냥꾼에 대한 집착이 아니었다.

같은 프라임이자 그들의 의장이며 큰형과도 같은 존재인 프라이오스가 어째서 사냥꾼들의 추적을 포기하지 않는지 궁금했기 때문이다.

그러나 세월은 하염없이 흘러갔고 그가 얻어낸 정보와 간추린 자료의 양은 시간에 비례하여 너무나 형편없었다.

사이악스는 그날도 자신이 모은 자료들을 살펴보며 시간을 보내고 있었다.

대형 회의실에 혼자 있는 사이악스에게 공적인 문제로 접근할 수 있는 존재는 '엠페라트리스', 후일 엠프레스라는 명칭으로 불리게 되는 자뿐이었다.

"프라임이시여."

회의실 밖에서 엠페라트리스의 목소리가 들리자 사이악스는 몇 가지 자료화면을 숨긴 뒤 응답했다.

"들어오게."

회의실의 외벽 일부가 정육각형의 무수한 입자로 변하여 벌레들의 무리처럼 이동했다. 그렇게 열린 문을 통하여 아무런 특징이 없는 복장과 가면을 사용하는 엠페라트리스가 들어왔다.

"이미르의 신계가 앞으로 10여 분 뒤에 수명을 다하게 됩니다. 지켜보시겠습니까?"

"그러지."

다른 프라임들은 경작지 내의 크고 작은 사건과 엠페라트리스들과의 사소한 마찰에 고뇌하고 있었으나 사이악스는 조금 달랐다.

그의 엠페라트리스는 스스로의 일에 너무 충실했고 그녀와 사이악스 사이의 사적인 대화나 접촉은 거의 없었다.

사이악스는 소베라노 클래스, 이후 퀸 클래스라 불리게 될 자들 가운데 그 무엇보다 원리원칙을 가장 중요시하는 성격의 소유자를 뽑았다.

그로 인해 얼마 동안은 엠페라트리스보다 경력이 오래된 소베라노 클래스들이 존재하기도 했다.

덕분에 그녀는 쉬프터들 사이에 내려오는 각종 규칙을 그들 사이에서 가장 오래된 엠페라트리스인 1번 경작지의 '그랜드 마더'보다 확실히 숙지하는 것으로 유명했으나 별명마저 붙지 않을 만큼 재미없는 존재가 되고 말았다.

하지만 엠페라트리스 본인은 불만이 없었고 사이악스는 그 상황을 그냥 방치하기만 했다.

다른 소베라노 클래스들은 프라이오스와 정 반대로 엠페라트리스를 대하는 사이악스의 태도에 두려움마저 느낄 때도 있었으나 어린 동포들의 그러한 생각에 가장 억울한 쪽은 오히려 사이악스 본인이었다.

'주인님께서는 어째서 나에게 그러한 자를 엠페라트리스로 선정하라 하셨을까?'

사이악스는 주인의 생각이 너무 궁금했고 또한 그 수수께끼에서 재미를 느꼈기에 엠페라트리스에 대한 태도를 바꾸지 않았다.

어둡기만 하던 회의실의 외벽 전체가 대형 화면으로 변했다.

거대한 육체를 가진 신, 이미르는 비슷한 모습을 하고 있지만 자신보다 한참 작은 세 명의 젊은 신들을 상대로 싸우고 있었다.

"한 명은 오딘이고 나머지는 빌리와 베이… 아니, 우리의 어린 동포들이로군."

"그들은 프라임께서 내리신 지시대로 오딘을 세뇌하여 자신들이 그의 형제라는 거짓을 확실히 주입했고 이미르를 중독시키는 것도 성공했습니다."

"예상보다 더 긴 시간이 필요했지. 항상 그랬지만 말일세."

한참 뒤, 중독되어 제 힘을 발휘하지 못하던 이미르는 쓰러졌고 오딘과 빌리, 베이에 의해 찢겨진 이미르의 육체로부터 흘러나온 피가 그의 세상을 뒤덮었다.

그 피는 멸망을 일으키는 홍수였다.

피는 기체가 되고 빛이 되어 이미르의 모든 세상을 뒤덮었다. 이미르의 창조물이자 백성인 거인들은 자신들이 죽는다는 사실조차 모른 채 사라졌고 동식물들 역시 행성의 소멸과 더불어 흔적도 없이 지워졌다.

사이악스는 그 과정을 지켜보던 도중 짧은 한숨을 쉬었다.

"수확량이 형편없군. 이미르가 만드는 거인들은 기대를 저버렸어."

"예상하신 일이지 않습니까?"

엠페라트리스가 물었다.

"그렇다네. 벗어나길 바라는 예상이었지. 생물의 크기가 지능과 직결되지 않도록 제한한 경작지의 규칙이 이렇게 큰 벽으로 작용하다니, 실망스럽군. 다음에 열릴 프라임들의 회의 때 규제에 대한 토론을 해봐야겠어."

엠페라트리스는 사이악스의 말을 듣는 한편 회의실의 화면이 제공하는 자료들을 빠짐없이 살피고 있었다.

"그래도 지혜로운 거인은 존재하는 것 같습니다, 프라임이시여."

엠페라트리스가 문제의 장소를 추적하여 확대했다.

"한 쌍의 거인이 멸망에서 탈출했습니다."

사이악스는 확대된 화면을 가만히 주시했다.

"저 생존자들은 운이 좋은 것뿐일세. 정확히는 남성 거인… 베르겔미르라는 이름이었지? 저 남자의 집안은 대대로 자신들의 신, 이미르를 끝까지 믿지 않았고 그에 대해 저항하려 했지. 그들은 탄압을 받았으나 저항 정신은 계승되었고 그것이 저러한 도구를 낳은 것이네."

"프라임이시여, 창조주가 소멸되었는데도 저들이 생존하고 있는 이유가 궁금합니다."

"방금 전에 운이라고 이야기했지? 다음 세대의 주신, 오딘의 서툰 결정일세. 그는 이미르의 육체를 완전히 제거하지 않고 자신이 만들 세계에 재활용하기로 했지. 덕분에 그들은 생존할 수 있었네. 이후 거인들은 저들을 기점으로 다시금 번성하게 될 것이네."

"오딘은 저들의 존재를 알게 되면 제거하려 들겠지요."

"그렇다면 죽겠지."

그의 말은 차가웠다.

흥미를 잃고 식어가던 사이악스의 가면이 다시 뜨거워진 것은 몇 분 뒤의 일이었다.

한 그루의 큰 나무가 이미르의 피로 만들어진 수분들을 허리에 두른 채 우주 한 가운데에 나타난 것이다.

"나무?"

그 나무는 이미르의 흔적들을 양분으로 삼아 급속도로 성장했다.

그 가지는 산과 들판을 떠받칠 수 있을 정도로 튼튼해졌고 뿌리는 위에서 아래로 쏟아지는 모든 압력을 분산시켜 받아내기 위해 무수히 갈라지고 뻗어나갔다.

"경작지의 규칙에 위반되는 구조입니다, 프라임이시여. 제가 제거하겠습니다."

"아, 그래."

즉시 움직이려는 엠페라트리스의 손목을 사이악스가 눈으로 보지도 않고 붙들었다.

"생각해 보니 파이록스가 자주 사용하는 말이 있었네. 그가 왜 그러한 말버릇을 가지게 되었는지 잘 몰랐지만 이제 그 말을 사용하고 싶어 미치겠군."

"예?"

엠페라트리스가 그의 말을 듣고 의아해했다.

"좋지 아니한가?"

"……."

"아, 흥분되는군."

그가 맛을 음미하는 미식가처럼 아주 천천히 고개를 좌우로 움직였다.

"실로 재미있어. 대체 얼마 만에 나의 감정이 고조되는 것인가?"

그 시기에 대해 알지도 못하고 관심도 없었던 사이악스의 엠페라트리스는 묵묵부답이었다.

"엠페라트리스여."

사이악스가 그녀의 손목을 놓아주었다.

"예, 프라임이시여."

"자네가 직접 저 새로운 신계를 외부에서 관찰해 주게. 긴 시간이 걸리겠지만 자네 이외에는 적임자가 없군."

엠페라트리스는 사이악스가 자신을 적임자라고 한 이유를 알고 있었다.

엠페라트리스는 명예직이며 현역이 아니다. 주된 일은 프라임들의 보좌이지만 사이악스는 그녀에게 일을 거의 맡기지 않고 스스로 해결하는 자였다.

오랜만에 할 일이 생겼음을 느낀 엠페라트리스는 진심으로 그의 지시를 받아들였다.

"저의 부족한 능력을 다하여 임무를 수행하겠습니다."

"단, 무슨 일이 있어도 내 지시가 있을 때까지는 저 세계를 파괴하지 말게. 파괴되도록 하지도 말고."

"명심하겠습니다, 프라임이시여."

엠페라트리스가 그 자리에서 사라졌다.

"때로는 다른 시점의 이야기도 들어봐야겠지. 저 신계는 그만큼 흥미로운 모습이니까."

사이악스는 그 신계의 모든 것, 그리고 창조주인 오딘의 모든 것을 기록했다.

*　　　*　　　*

그날, 프라이오스는 사실 매우 기분이 좋았다.

"자네가 웬일인가?"

1번 경작지의 사령관이자 프라임들의 의장인 프라이오스는 미리 연락을 주고 자신의 본거지에 방문한 사이악스를 반갑게 맞아주었다.

한편으로는 사이악스가 자신의 엠페라트리스까지 데려온 것을 불안하게 바라봤다.

"자네의 경작지는 누가 맡고 있나?"

"바실레우스 클래스에게 맡겼네."

"음……."

프라이오스는 바실레우스 클래스, 이후 킹 클래스라고 불리게 될 그 어린 동포를 신뢰하지 않았다. 실제로 프라이오스는 바실레우스 클래스를 자신의 아래에 둔 적이 없었다.

사이악스 역시 그의 그러한 생각을 알고 있었다.

"프라이오스여. 바실레우스들은 훌륭한 자들일세. 자네도 한 명 이상은 곁에 두는 것이 좋다네."

"훌륭한 능력이 부여되었으니 훌륭하지 않으면 이상한 것이지. 하지만 그들은 기본적으로 외부에서 영입한 자, 즉 자신들의 터전을 배신한 자들일세."

프라이오스의 말대로 바실레우스들은 주인이 프라임들에게 보내준 자들이 아니라 프라임들이 경작지 내의 신계에서 선택하여 가면을 받은 자들이었다.

소베라노 클래스들은 급조가 된 동포, 바실레우스들을 우습게 보았고 서열상 바실레우스 아래에 위치하는 자들 역시 대놓고 무시하지만 않을 뿐, 바실레우스에게 존경을 품는 자는 드물었다.

"우리 프라임들에게는 배신하여 우리에게 온 자들의 선택과 과정, 그리고 그 결과를 받아들일 수 있는 힘과 지혜가 있다네. 꺼림칙하다는 이유만으로 피하는 것은 좋지 않지."

"자네의 경작지 운영방식에 간섭할 생각은 없네. 그러니 자네도 나의 운영방식에 간섭하지 말아주게."

프라이오스는 확실히 선을 그었다.

"흠, 그러지. 그렇다면 자네의 그 말을 토대로 하여 이번에 내가 자네를 방문한 이유를 말하면 되겠군."

사실 사이악스는 바실레우스 클래스의 유용함을 프라이오스에게 전할 생각 따위는 없었다.

그럼에도 불구하고 그가 바실레우스에 관한 이야기를 한 이유는 '경작지 운영방식에 간섭하지 않는다' 는 말을 프라이오스가 직접 꺼내도록 유도하기 위함일 뿐이었다.

"자네, 아우터 갓을 경작지에 들이는 것 이상의 놀이를 또 하고 있는 것은 아니겠지?"

"자네가 어찌 받아들이느냐에 달려있다네."

사이악스는 프라이오스의 엠페라트리스와 나란히 서있는 자신의 엠페라트리스에게 고개를 돌렸다.

"자네는 그랜드마더와 함께 시간을 보내도록 하게. 난 프라이오스와 단 둘이 할 이야기가 있다네."

"알겠습니다, 프라임이시여."

프라이오스는 자신의 앞에서 멋대로 이야기를 진행하는 사이악스가 마음에 안 들었지만 상대가 단 둘이 이야기할 것을 요구한 적은 손에 꼽을 정도였기에 결국 군말 없이 그를 자신의 집무실로 인도했다.

프라임들이 이동한 뒤, 가면 앞쪽 전체에 해골을 새긴 프라이오스의 엠페라트리스는 긴 한숨을 쉬었다.

"나에게 이러한 말을 할 자격은 없네만, 난 사이악스 프라임께서 오실 때마다 불안감을 느낀다네."

"선배님?"

"두 분은 너무나 다른 관점으로 세상을 보신다네. 나와 자네의 차이가 그것을 증명하고 있지."

사이악스의 엠페라트리스는 대선배의 말을 곧장 이해할 수 없었다.

"저는 경험과 힘, 모든 부분에서 선배님에 미치지 못합니다. 그 차이는 당연한 것이 아닙니까?"

해골의 엠페라트리스는 연신 고개를 저었다.

"내가 말한 차이라는 것은 숫자로 객관화시킬 수 있는 부분이 아닐세. 그러니까……."

해골의 엠페라트리스는 말을 하기 전에 주변을 살폈다.

그들이 있는 장소는 본거지의 대형 로비였다.

꽤 많은 숫자의 퀸 클래스들이 주변에서 몇 명씩 모인 채 경작과 관련된 일을 계획하거나 잡담을 나누며 쉬고 있었다.

그러한 장소는 사이악스의 본거지에도 존재하지만 가장 큰 차이는 프라임들이 그들 사이에 섞이느냐 마느냐였다.

프라이오스는 어린 동포들 사이에서 시간을 보내며 휴식과 업무를 함께 하지만 사이악스는 그렇지 않았다. 그는 어린 동포들과 함께 쉬는 경우가 거의 없었다.

"이곳은 보는 눈이 많군. 내 방으로 가세."

"예, 선배님."

해골의 엠페라트리스와 함께 그녀의 방 앞으로 걸어간 사이악스의 엠페라트리스는 방문 앞에서 조금 주저하는 대선배의 모습에 깜짝 놀랐다.

"무슨 일이십니까, 선배님?"

"그것이… 이 안에 다른 이가 들어오는 경우는 이번이 세 번째일세. 프라이오스 프라임께서도 들어오신 적이 없지. 그러니 부디 나의 사적인 부분에 대한 것은 비밀로 해주게나."

"주인님의 이름으로 맹세하겠습니다."

상대의 각오를 들은 해골의 엠페라트리스는 자신의 방문을 열었다.

방 안에 들어간 사이악스의 엠페라트리스는 경악했다.

방의 한쪽에는 크고 작은 그림들이 액자에 담긴 채 잔뜩 전시되어 있었고 반대편에는 종이학들이 화려하게 전시되어 반짝거리고 있었다.

사이악스의 엠페라트리스에게 가장 큰 충격을 준 것은 바로 프라이오스와 해골의 엠페라트리스가 나란히 서있는 그림이었다.

둘은 마치 연인처럼 서로의 한쪽 손을 잡은 채 우주의 성운을 바라보고 있었다.

"저 그림은……?"

해골의 엠페라트리스가 움찔했다.

"매우 불경한 그림이지. 상상도일 뿐일세. 실제로 프라이오스 프라임께서 나에게 손을 내미신 적은 없네."

"사실입니까?"

"그렇다는 이야기지."

해골의 엠페라트리스는 두건을 걷은 뒤 가면도 벗었다.

머리가 있어야 할 부분에서 타오르던 검은색의 불길이 점차 형상을 갖췄다. 불꽃은 먹물을 잔뜩 묻힌 붓처럼 검은색의 윤기 있는 단발로 변했고 불꽃의 심지는 연황색 피부의 얼굴로 바뀌었다.

선이 꽤 날카로우면서도 마음의 깊이가 뚜렷해 보이는 미모의 여성이었다.

"자아의 구체화는 가면이 파괴되었거나 프라임들께서 허락하셨을 때만 용인되는 모습일세. 하지만 이곳에는 우리들만이 있으니 자네도 괜찮다면 가면을 벗게."

"아, 예. 선배님."

사이악스의 엠페라트리스는 검은색 이불이 덮인 침대 옆에 놓여있는 큰 거울을 바라보며 가면을 벗었다.

굽슬굽슬하고 긴 금발에 하얀 피부, 그리고 그 콧날만큼이나 냉엄한 여성의 얼굴이 마찬가지로 검은색의 불꽃 속에서 나타났다.

"자네는 그러한 모습이었군. 아주 아름답네."

해골의 엠페라트리스가 눈웃음을 지었다.

"하지만 사이악스 프라임께 보내는 감정이 느껴지지 않는군. 그분을 존경하지도, 좋아하지도 않지?"

사이악스의 엠페라트리스는 표정도 바뀌지 않았고 대답도 하지 않았다.

실제로 그녀는 사이악스에 대해 아무런 감정도 없었다. 말 그대로 엠페라트리스로서의 일만을 중요시했다.

"말씀의 의미를 모르겠습니다만… 선배님께서는 확실히 다르시군요."

그녀는 자신의 대선배가 부러웠다. 표정이 너무 행복해 보였기 때문이다.

"내가 알기로 대부분의 엠페라트리스들은 자신들이 모시는 프라임들을 온갖 '감정'으로 대하고 있다네. 그러나 오로지 자네만큼은 그렇지 않지. 자네만큼 사무적으로 프라임을 모시는 자는 없을 것이네."

"반성해야 할 점입니까?"

후배가 묻자 해골의 엠페라트리스는 자신의 검은색 단발을 흔들었다.

"사실 자네야말로 모든 엠페라트리스들의 기준이라네.

나 또한 프라임께서 하시는 행동과 그분의 판단, 그리고 그분 주변에서 일어나는 모든 일들에 대해 사적인 생각을 섞어버리고 말지. 실격이야."

"사적인 생각이라 하시면……."

"그분의 일을 나의 일이라 생각해 버린다는 것일세."

해골의 엠페라트리스는 미소에 자책이 섞었다.

"그분께서 분노하시면 나도 화가 나고, 그분께서 힘들어하시면 나도 힘이 들지. 그분께서 정말 행복하신 적이 있으셨는지는 모르겠지만 로비의 한 구석에서 어린 동포들의 모습을 보시며 그들의 이야기를 가만히 들으실 때는 나 또한 행복해진다네."

"……."

"결국 그분께서 소중히 하시는 모든 것들을 나 또한 소중히 여기게 되었지. 그 감정은 때때로 나의 본분마저 초월하고 만다네. 그러나 그 초월의 순간이 두려운 적은 없었네."

"저 또한 경험해 보고 싶은 일이군요."

사이악스의 엠페라트리스는 솔직히 이야기했다. 그런데도 불구하고 해골의 엠페라트리스는 상대에게서 특별한 변화도, 감정의 움직임도 느낄 수가 없었다.

"자네는 엠페라트리스들에게 있어서 큰 모범일세. 그리고 자네야말로 사이악스 프라임님을 제대로 모실 수 있는 엠페라트리스일 것이네."

"그렇습니까?"

사이악스의 엠페라트리스가 눈을 크게 떴다. 해골의 엠
페라트리스는 미안한 듯이 웃었다.

"사이악스 프라임께서는… 뭐랄까? 그래, 대단히 자유로
운 생각을 가지신 분이 아니신가?"

"그렇지요."

해골의 엠페라트리스는 최대한 좋게 말했고 사이악스의
엠페라트리스 역시 좋게 받아들였다.

그러나 사이악스의 엠페라트리스는 조금 뒤 어두운 표정
을 지었다.

"선배님께서 해주신 말씀을 들으니 오랫동안 다른 이에
게 보여주지 못했던 저의 걱정이 떠오르는군요. 이 어리석
은 후배의 이야기를 들어주시겠습니까?"

"물론일세. 기다리고 있었지."

이야기를 어떻게 시작해야 할까 고민하던 사이악스의 엠
페라트리스는 종이학 아래에 놓여있는 몇 가지 도구들에
눈을 돌렸다.

"저것은 찻잎과 주전자, 그리고 찻잔이 아닙니까?"

"아네라에게 받은 선물이네만 사용방법을 모르기에 방치
하고 있다네. 문명의 극치에 도달한 그들이 저렇게 원시적

인 물건들을 좋아할 줄은 몰랐지. 애당초 그들은 입이 아예 없지 않나?"

"그래도 아름답군요."

"그러한가?"

"제가 감히 만져봐도 되겠습니까?"

"그리 하게."

사이악스의 엠페라트리스는 우선 자신들의 손에 딱 맞는 크기로 제작된 찻잔을 들어 선배에게 보여주었다.

"이 찻잔은 흙을 손수 빚어 모양을 만든 뒤 자연에서 추출한 약품들을 바르고 불에 구워 완성합니다. 그 모든 과정을 조율하는 것은 계산이 아니라 감각이지요."

"그 아네라가 말인가?"

"그렇습니다. 그들의 문화에 있어서 유일하게 보존된 고대의 방식이라 합니다. 그래서 완성작보다 실패작이 더 많지요. 선배님께서 받으신 물건은 이 색과 찻잔의 두께, 그리고 밀도를 따졌을 때 한 부족의 족장들에게만 사용이 허락되는 물건에 가깝습니다."

"사용이 허락되다니, 무슨 말인가?"

"아네라들은 이 물건의 사용자를 제작자, 즉 장인이 결정합니다. 안에 들어간 무늬를 봐서는 여성들을 위한 물건이니, 틀림없이 프라이오스 프라임님을 위한 공물이 아니라 선배님을 위한 물건입니다."

"자네 정말 해박하군?"

해골의 엠페라트리스가 왼손으로 자신의 입을 가리며 감탄했다.

"사이악스 프라임께서 내리신 지시를 통해 아네라들을 감시하던 도중 흥미를 갖게 되었답니다. 제가 너무 흥분했군요. 사죄드립니다."

"아닐세. 자네에게도 그러한 감정이 있었다니, 반갑기 그지없군."

"그렇다면 제가 이것을 이용하여 차를 대접하겠습니다."

"오, 그리 해주게."

사이악스의 엠페라트리스는 해골의 엠페라트리스가 파르페를 제작하기 위해 결정화하여 보관하고 있던 물을 이용하여 차를 끓였다.

약간의 기다림 끝에 완성된 차를 맛본 해골의 엠페라트리스는 찻잔을 탁자에 내려놓으며 만족감이 가득한 미소를 지었다.

"맑으면서도 향이 진하군. 이러한 일을 할 수 있는 자네가 어떠한 고민을 가지고 있는지 궁금할 정도로 훌륭한 맛일세."

선배의 뒤를 이어 차를 마시던 사이악스의 엠페라트리스

는 이윽고 진지한 표정이 되었다.

"실은… 어찌 받아들이실지 두렵습니다만 저는 제가 어째서 엠페라트리스로 선정되었는지 모르겠습니다."

"……."

해골의 엠페라트리스는 아무 말 없이 차를 마시며 후배의 이야기에 귀를 기울였다.

"저는 무능한 존재입니다. 오랜 시간 실수를 거듭했고 저의 잘못된 지시에 목숨을 잃은 어린 동포의 숫자가 적지 않지요. 그러한 제가 어째서 엠페라트리스의 위치에 설 수 있었는지 모르겠습니다. 사이악스 프라임께서 잘못된 선택을 하실 리가 없을 텐데 말입니다."

"실수는… 나도 많이 했다네."

해골의 엠페라트리스가 말했다.

"본래 우리 경작지에 있었던 '스카'도 마찬가지였지. 그 아이 때문에 신계 하나가 허무하게 소멸된 적도 있었지."

"유명한 이야기이지요."

"난 그때 당시 프라이오스 프라임께서 극단적인 결정을 하실까 두려웠고, 또 그 결정에 의해 스카를 다시는 보지 못할지 모른다고 생각하여 정말 걱정했다네. 물론 지금은 가장 얄미운 아이지만 말일세."

"……."

"아무튼, 현재 활동하고 있는 엠페라트리스들 가운데 실수를 저지르지 않은 자는 없다네. 그야말로 실수의 결정체들이라 해도 과언이 아닐세. 하지만 그것 말고도 공통점이 하나 더 있다네."

"무엇입니까?"

"모두 실수를 딛고 일어났지."

하지만 사이악스의 엠페라트리스에게는 와 닿지 않는 이야기였다. 그녀의 우울감은 그만큼 깊었다.

가면을 벗은 이후 드러난 표정을 통해 후배의 감정을 읽고 있던 해골의 엠페라트리스는 한숨을 쉬었다.

"혹시 모르지."

"예?"

"자네가 아직 나타나지 않은 '어떤 분'을 모시기 위해 사이악스 프라임님의 곁에 있는 것일 수도 있네."

사이악스의 엠페라트리스는 선배의 말에 놀라움과 혼란을 느꼈다.

"그러한 일이 있을 수도 있습니까?"

답변을 하기 전, 해골의 엠페라트리스는 미묘한 표정을 지었다.

"스카의 경우만 봐도 그렇지 않나? 그 아이가 장차 파이록스님의 엠페라트리스가 되리라 예상한 자는 아무도 없었네. 심지어 그 아이를 파이록스 프라임께 보내신 프라이오스 프라임께서도 신기한 일이라 말씀하셨지."

"……."

"주인님께서는 알고 계실지 모르지만… 아무튼 고민하지 말게. 자네는 지금과 마찬가지로 엠페라트리스로서의 본분을 다하면 된다네."

"알겠습니다, 선배님."

사이악스의 엠페라트리스는 주전자를 들었다.

"더 드시겠습니까?"

"그러지."

* * *

사이악스와 프라이오스는 그들의 덩치에 비해 너무나 작은 탁자를 가운데에 둔 채 마주앉아 있었다.

사이악스가 보여주고 있는 새로운 신계, 위그드라실의 모습과 내부 자료들을 살펴본 프라이오스는 고개를 옆으로 기울였다.

"경작지 밖에서 탄생하는 세계는 이따금씩 먹다 버린 과일의 형상을 하기도 하지. 하지만 경작지 내에서 나무의 형태를 한 세계가 나타났단 말인가? 나쁜 느낌이로군."

그는 탁자 위를 손가락 끝으로 두드렸다.

프라이오스의 부정적인 말에 사이악스는 고개를 저었다.

"그만큼 굉장한 일이 아닌가? 이 위그드라실에서는 지금껏 내가 본 적이 없는 굉장한 일들이 일어날 것이네."

"굉장히 위험하지나 않았으면 좋겠군."

프라이오스가 한숨을 쉬었다.

"사이악스여, 자네가 위험과 희생을 감수하여 지금까지 축적한 지식과 도구들은 어린 동포들뿐만 아니라 우리 모두를 돕고 있다네. 가끔 폭주한다는 느낌도 들지만 자네 나름대로 책임은 져 왔으니 이번 일 역시 참견하지 않겠네."

"고맙군, 형제여."

"하지만 이번에는 뭐라고 말을 하기 힘들만큼 위험한 느낌이 든다네. 저 독특한 형태가 마치 향긋한 미끼처럼 보이는군."

"호오, 그렇다면 나는 미끼를 물은 짐승인가?"

사이악스가 웃음소리를 흘리며 묻자 프라이오스는 손을 휘저었다.

"됐으니 이 위그드라실이라는 신계를 너무 오랫동안 유지하지 말게. 이 신계를 맡은 어린 동포들마저 나쁜 영향을 받을 것 같군."

"후후, 자네야말로 걱정이 지나친 것 아닌가? 마치 아들이 엎드려서 자는 것을 걱정하는 아버지와도 같군. 내가 관상용으로 이 신계를 내버려둔다고 생각한다면 그것은 오해일세."

"자네가 관상용으로 뭔가를 곁에 둘 정도로 낭만적인 성격이 아니라는 것은 잘 알고 있네."

"그렇다면 대체 무엇이 자네를 그토록 보수적인 존재로 만드는 것인가?"

그 원인이 '하얀 우주의 의지'라는 대답을 할 수는 없었기에 프라이오스는 일단 가만히 있었다.

"말을 하지 않으면 알 수 없지 않나, 형제여?"

사이악스가 재촉했으나 프라이오스는 고개의 각도만 조금 바꿀 뿐, 답을 하지 않았다.

"자네가 경작지 이외의 우주를 파괴한 그날부터 계속 이렇군. 자네는 핵심을 이야기하지 않은 채로 차츰 변했다네, 형제여. 농담을 하는 모습은 참으로 부드럽고 좋지만 책임감은 더욱 민감해졌지. 그 불균형을 나는 이해할 수 없네. 이제 됐으니 이야기해주지 않겠나?"

"자네가 무슨 말을 하는지 전혀 모르겠군."

프라이오스는 그렇게 답변을 거부했다.

"알았네, 형제여. 물론 자네가 지금 대답하지 않는다 하더라도 나와 다른 형제, 그리고 모든 동포들이 가지고 있는 자네에 대한 믿음은 변하지 않을 것이네. 그것조차도 우리를 위한 일일 테니까."

"흠."

프라이오스는 특별한 반응을 보이지 않았다.

이후 조용히 시간을 보내고 있던 둘에게 퀸 클래스 한 명의 목소리가 들려왔다.

윈드렉스의 경작지가 파괴되었다는 소식이었다.

*　　　*　　　*

경작자들에게 윈드렉스의 경작지가 파괴되었다는 소식까지는 전해졌지만 사냥꾼이 아니라 포스타로스의 손에 파괴되었다는 사실은 제한되었다.

정보를 제한한 자는 프라이오스였고 제한의 그 이유는 사냥꾼이 엠페라트리스 이하의 어린 동포들을 침식하여 조종했다는 사실을 차단하기 위해서였다.

다수의 프라임들이 감염사실을 알려야 한다고 공세를 펼쳤으나 프라이오스는 포스타로스가 윈드렉스 대신 가져온 정보를 방패로 삼았다.

윈드렉스가 남긴 그 정보에는 사냥꾼들의 침식과정과 성공할 수 있었던 이유, 그리고 침식된 일반 경작자들의 자세한 상태가 기록되어 있었다.

"주인께서는 모든 어린 동포들의 정신과 육체를 암호화하시겠다고 하셨네. 능동적으로 작동하는 암호이니만큼 같은 방법, 혹은 보다 진보된 방법으로 어린 동포들을 침식하여 조종할 수는 없을 것이네.

"좋아, 다 좋단 말일세!"

파이록스가 회의실의 탁자를 내리치며 분노했다.

"윈드렉스는, 우리의 형제는 대체 어디로 갔단 말인가? 그 형제의 모습을 보고 난 뒤에야 안심하고 포스타로스를 때릴 수 있을 것 같단 말일세!"

"그가 사라진 것은 그의 선택이며, 주인께서는 윈드렉스와 포스타로스의 결정을 존중하시겠다고 하셨네. 방금 전에 오셔서 그렇게 말씀하셨지 않나? 불과 몇 분 만에 나로 하여금 그분의 말씀을 다시 말하게끔 하는 이유가 뭔가?"

"화가 나서 그런 것이 당연하지 않나!"

"여기서 다른 감정을 가진 형제들이 있을 거라 생각하나? 그리고 우리의 안타까움과 분노가 어린 동포들에게 어떠한 영향을 끼칠지 모르는가?"

"지켜야 할 어린 동포가 없는 자는 모르겠지."

파이록스가 포스타로스를 보며 말하자 포스타로스가 자리에서 일어났다.

"아주 과한 자기주장이로군, 파이록스여. 건방지다는 말은 지금 사용해야겠지?"

포스타로스의 가면에서 쏟아지는 붉은색 빛이 차츰 검은색으로 바뀌었다.

"그만!"

프라이오스가 고함을 지르며 분출한 힘이 파이록스와 포스타로스 사이에 흐르는 힘을 동결시켜 없었던 것으로 만들었다.

"형제들이여. 경작지의 생명체들이 매일같이 겪는 것이 바로 뜻하지 않은 이별일세. 윈드렉스의 실종은 그보다 못한 일이지. 말 그대로 소멸이 아니라 실종이니까. 그런데 우리가, 프라임씩이나 된 존재들이 경작지의 생명체들보다 추한 모습을 보이고 있군. 처음 겪는 일이라 그런 것인가? 내가 이 꼴을 보고 신기하다고 기뻐해야 하는 것인지, 아니면 자네들의 가면 속에 박힐 만큼 격하게 화를 내야 하는 것인지 모르겠군."

"……."

침묵이 흘렀다. 파이록스와 포스타로스의 감정은 빠르게 누그러들었다.

"어린 동포들이 더 이상 혼란스러워하지 않도록 각자의 본분에 최선을 다하게. 이번 회의를 마치지."

항상 마지막에 나가던 프라이오스가 이번에는 가장 먼저 자리를 박차고 일어나 회의실을 나섰다.

"누구는 화가 안 나서 가만히 있는 줄 알아? 머저리들 같으니!"

그가 회의실을 나서며 외친 고함에 밖에서 대기하고 있던 엠페라트리스들은 물론 회의실 내의 프라임들 모두가 쉽사리 자리에서 움직이지 못했다.

*　　　*　　　*

윈드렉스의 실종 이후 제법 긴 시간이 흐른 뒤의 일이었다.

가면에 큰 홈집을 가진 토레 클래스, 이후 룩 클래스라 불리게 될 존재가 어느덧 정체기에 접어든 위그드라실의 최정상, 아스가르드 신계에서 다른 이들과 함께 움직이고 있었다.

"본거지에서도 이야기했지만 주의하게, 새로운 알필 클래스여. 이 신계는 특이하기 때문에 무슨 일이 벌어질지 알 수 없네."

"예, 선배님."

가면 한 가운데에 회오리바람 무늬를 큼지막하게 새긴

알필 클래스, 이후 비숍 클래스라 불리게 될 존재 중에 한 명이 조심스럽게 대답했다.

곁에 있던 또 다른 알필 클래스가 어깨를 으쓱했다.

"다를 것 없습니다, 토레 클래스시여. 다른 신계와 마찬가지로 이 신계의 신들 역시 어리석지요."

조금 불량스럽게 중얼거린 그는 가면 한 가운데에 새(鳥) 모양의 무늬를 새기고 있었다.

"정말 어리석은 것인지, 아니면 어리석은 척을 하는 것인지는 명확하지 않지. 생각을 읽기 힘든 신들이 몇몇 있다는 사실만으로도 우리가 조심할 필요는 넘친다네."

토레 클래스가 말했다.

"예, 그렇지요."

새 무늬의 알필 클래스는 고개를 건들건들했다.

그로부터 두 시간 뒤, 목적지 인근에 도달한 그들은 흠집의 토레의 지시에 따라 휴식을 가졌다.

신체적 피로를 풀기 위한 휴식이 아니라 고난이도의 은신에 걸리는 정신적 부담을 덜기 위한 절차였다.

얼마 전에 새로 들어온 회오리 무늬의 알필을 유심히 지켜보던 새 무늬의 알필은 상대가 자신을 응시하자 손가락으로 자신의 무늬를 찍었다.

"너, 그 무늬 말인데… 스스로 새긴 거지?"

"그렇습니다, 선배님."

"손재주가 좋네. 나는 다른 선배에게 부탁해서 겨우 새긴 건데 말이야."

"선배님들이 해주시는 게 더 의미가 있겠지요."

"글쎄, 난 잘 모르겠네."

새 무늬의 알필이 홈집의 토레를 돌아봤다.

"선배님, 가면의 무늬 말입니다."

"음."

"왜 알필들은 하나같이 이러한 것들을 새기려 하는 겁니까? 저도 원해서 새기긴 했지만 잘 모르겠군요."

"정확한 이유는 잘 모르겠군. 하지만 초기부터 시작된 관례라는 것은 확실하다네."

"관례요?"

"나 역시 카발료 클래스일 무렵에 경작지에 배치되자마자 무늬를 새겼지. 그때 무슨 무늬를 새겼는지 잘 기억은 나지 않지만, 아무튼 토레 클래스가 될 무렵에는 나처럼 무늬의 의미조차 잊고 말더군."

"전생의 미련이 아닐까요?"

회오리 무늬의 알필이 말했다. 그의 말에 그 자리에 있던 모든 경작자들이 고개를 돌려 그를 봤다.

"우리에게 전생이 있단 말인가?"

흠집의 토레가 묻자 회오리 무늬의 알필은 두 손을 저었다.

"아, 너무 진지하게 듣진 말아주십시오. 소문에 불과하니까요."

"소문이라니, 난 처음 듣는군. 어떤 소문인가?"

흠집의 토레가 다시 물었다.

회오리 무늬의 알필은 손으로 가면의 밑 부분, 즉 턱을 만졌다.

"우리가 실은 경작지에서 살아가던 신들이었다는 겁니다."

"……"

"하지만 주인님의 곁에서 경작자가 될 것을 결심하면 신으로서 살던 모든 기억을 잊게 되는 것이죠. 하지만 자신이 신으로서 관리하던 것들의 미련이 남아서 그것을 본능적으로 가면에 새기는 겁니다."

"그렇다면 자네는 바람의 신이었나?"

흠집의 토레가 웃음소리를 섞어 말했다.

"이쪽 선배는 새를 주관하는 신이셨을 수도 있지요. 예를 들어 아르젠타비스… 라던가?"

"아르젠타비스?"

"속칭 아르비스라고도 불렸던 새들의 신이지요. 신들의

목록에서 가장 기억에 남는 이름이군요."

새 무늬의 알필은 한참 고개를 갸웃거렸다.

"잘 모르겠네. 아무튼 그럴싸한 헛소린데?"

"하하, 그렇지요."

회오리 무늬의 알필이 즐겁게 웃었다.

"그런데 토레이시여, 선배님께서는 올림포스 신계를 담당하시지 않았습니까?"

"그쪽도 딱히 담당은 아닐세. 두 번 정도 가봤을 뿐이지. 난 경험이 필요한 일만을 맡고 있다네."

"그렇다면 아테나라는 이름의 여신을 보신 적은 있습니까?"

"도시 아테네의 수호신이자 군신 말인가? 제대로 된 정보는 갖고 있지 않네. 올림포스 내부에 잠입한 경우만 있어서 도시의 수호신에 대한 정보는 필요 없었지."

"그렇군요."

"그런데 그건 갑자기 왜 묻나?"

"매우 특이한 분이라 느꼈기 때문입니다."

"내가?"

"예. 경력으로는 소베라노 클래스로 진급하셔도 충분하신 분께서 현장에 계속 계시다는 말을 들었습니다."

"분에 맞지 않는 자리라고 판단했다네. 그뿐일세."

흠집의 토레가 당당히 말했다.

"진급이 계속 누락되는 자보다는 낫지."

그가 새 무늬의 알필을 가리켰다.

"저 어린 동포는 성격이 꽤 험하거든."

"언젠가는 올라가겠지요, 선배님."

새 무늬의 알필이 짜증을 냈다.

그로부터 반시간 뒤, 흠집의 토레가 이끄는 경작자들의 무리가 완전히 은신을 한 채 아스가르드의 장벽 안으로 들어갔다.

"내가 이끄는 악시스 팀이 성의 밖을 맡겠다. 블랙 팀은 안에 들어가서 목표물을 확인하도록."

"알겠습니다."

성 외부에서 역할을 분담하고 확인한 두 무리의 경작자들은 훈련대로, 그리고 지시대로 각자의 위치를 바꿨다.

사실 가장 어려운 임무는 성의 외부를 맡은 자들이었다.

그들이 수색하기로 결정한 성의 주인은 '토르'라는 이름의 신이었다. 감은 떨어지지만 전투능력이 뛰어나서 혹시라도 실수를 한다면 아무리 훈련이 잘 된 경작들이라 하더라도 치명상을 피할 수가 없었다.

[어린 동포들이여. 시계는 가급적 사용하지 않도록 하라.]

홈집의 토레가 개방형 정신감응을 통하여 모든 이들에게 지시를 내렸다.

[제한사항이 있었습니까?]

질문을 한 자는 회오리 무늬의 알필이었다.

[위그드라실과 아스가르드는 그 형상의 특이함 때문에 어떠한 부작용이 나타날지 알 수 없다네. 불편함을 감수하더라도 확실하게 임무를 수행하는 편이 낫겠지.]

[그냥 불편함이 아니라 목숨이 오락가락한단 말입니다, 선배님.]

불평한 자는 새 무늬의 알필이었다.

[조심하기만 하면 신들이 우리의 은신을 알아차리지는 못할 것이네. 이제 잡담은 용납하지 않을 테니 임무에 집중하도록.]

홈집의 토레가 주의를 준 뒤, 모든 경작자들이 소리 없이 움직였다.

일단 토르는 외출을 한 상태였고 성 안에는 경비를 맡은 전사들과 시종 몇 명이 소박하게 존재했다.

성 안에 있는 신은 토르의 부인인 '시브' 뿐이었다. 토르의 다른 자식들은 부모들과 마찬가지로 신이었고 지금은 토르와 함께 외출한 상태였다.

[시브의 위치 및 상태 확인. 목표도 발견. 둘 다 수면 상

태이며 감각도 느슨합니다.]

[외부에도 이상 없음. 블랙 팀은 목표를 관찰하라.]

[시작합니다.]

'목표'의 관찰 및 조사를 맡은 자는 회오리 무늬의 알필이었고 주변 감시는 새 무늬의 알필이 맡았다.

새 무늬의 알필은 들어온 지 얼마 안 된 알필 클래스에게 조사까지 맡기는 것은 무리가 아니냐며 속으로 투덜대고 있었으나 은신을 완벽히 유지한 채 능숙하게 행동하는 후배의 모습에 생각을 바꿨다.

'저 녀석, 진짜 신참이 맞나?'

회오리 무늬의 알필은 구름과 같은 질감의 대형 침대에 누워있는 여신 시브와 그녀의 가슴팍에 잠들어있는 갓난아이, 하이엘바인을 살펴보고 있었다.

그가 선택한 방식은 의외로 바닥에 두 발을 멀쩡히 댄 단순한 자세였다. 다른 알필 클래스들이 공중에 뜨거나 천장이 붙는 등 묘기를 부리는 것과는 대단히 달랐다.

하지만 차분하고 조용했다. 환경마저도 잔잔해지는 느낌이었다. 곁에 있는 새 무늬의 알필조차 그의 존재를 가끔 잊을 정도였다.

각종 도구를 이용해 갓난아이, 하이엘바인을 살피던 회오리 무늬의 알필이 이윽고 급히 정신감응을 사용했다.

[이상점 발견.]

[이상점? 뭔가?]

[하이엘바인은 신이 아닙니다.]

회오리 무늬 알필의 말에 정신감응 공간이 침묵에 잠겼다.

[신과 신 사이에 태어난 존재가 신이 아니라고?]

흠집의 토레가 물었다.

[그렇습니다. 모든 검사결과가 신으로서의 가능성을 부정하고 있습니다.]

[신이 아니라면 무엇이지?]

[단순 아스 신족입니다. 신으로서의 능력과 권능은 존재하지 않습니다.]

[별 것 아닌 듯 하면서도 꺼림칙하군. 좋아, 임무 종료. 모두 귀환한다.]

모든 경작자들이 토레의 지시에 따라 공간의 틈새 사이로 모습을 감췄다.

그들이 완전히 사라진 뒤, 시브의 방 천장으로부터 두 개의 두껍고 큼지막한 다리가 불쑥 나타났다.

천장을 통과하여 내려온 존재는 아스가르드의 주신이자 위그드라실의 창조주인 오딘이었다.

안대로 한쪽 눈을 가린 오딘은 남아있는 눈으로 날카로

운 빛을 발하며 시브와 하이엘바인을 봤다.

"일반 경작자치고는 능력이 지나치게 좋은 자가 있군."

오딘은 그 큰 손으로 하이엘바인의 짧은 은발을 만졌다.

"이 아이의 머리카락 일부를, 그것도 신이 눈치채기 힘들 만큼 작고 예리하게 베어가다니⋯⋯. 일반 경작자가 도구도 없이 이러한 일이 가능하단 말인가?"

그는 심히 불쾌한 표정으로 주변을 둘러본 뒤 그 자리에서 연기를 남기며 사라졌다.

그때, 공간의 틈새로부터 손이 불쑥 튀어나와 오딘이 남긴 연기를 작은 병에 담은 후 사라졌다.

그것을 벨트에 달린 작은 가방에 숨겨 넣은 자는 회오리 무늬의 알필이었다.

*   *   *

"왼쪽이 토르의 머리카락 조직이고 가운데가 시브의 머리카락 조직입니다. 그리고 오른쪽이 이번에 구해온 하이엘바인의 머리카락 조직입니다, 프라임이시여."

회오리 무늬의 알필은 손으로 탁자 위를 가리켰다.

사이악스의 개인실 탁자 위에 놓인 것은 아무것도 보이지 않는 사각형의 수정조각이었다. 하지만 그 조각 안에는 일반 동물이 절대로 볼 수 없는 수준의 머리카락 조직이 하나씩 들어있었다.

사이악스는 그 수정조각을 들어 안에 있는 머리카락 조직을 살펴봤다.

"우리의 이야기를 듣는 사람은 없네, 윈드렉스여."

"……."

회오리 무늬 가면의 알필, 아니 실종된 것으로 여겨졌던 프라임 윈드렉스는 한숨 소리를 냈다.

"그래도 듣는 자가 있을지 모른다네, 사이악스여."

"주인님 외에 더 있겠나?"

"프라이오스는 얼마 못가 알게 될 것이네. 그는 우리가 아는 것보다 직감이 뛰어나거든."

"음, 후후."

사이악스가 웃었다.

"사실 알려져 봤자 큰일이 나는 것은 아니지 않나? 형제들은 모두 자네의 귀환을 반길 것이네. 파이록스는 아예 가면마저 벗고 울지도 모른다네. 모두 자네가 돌아오기를 기다리고 있단 말일세."

"하하……."

공허한 웃음소리가 윈드렉스의 회오리 무늬 가면에서 흘러나왔다.

"일이나 하세, 형제여. 지금 나의 마음을 채워주는 것은 일뿐이군."

"알았네, 형제여."

사이악스는 다시 윈드렉스가 직접 만들어온 표본을 살폈다.

"사이악스여. 자네의 예상대로 오딘은 정상적인 신이 아니더군. 나와 어린 동포들이 있는 장소에 대기한 채 우리들의 행동을 지켜보고 있었네. 정신감응을 감청했을 가능성도 배제할 수 없지."

"아우터 갓으로 개화했겠지?"

"신계의 창조주들이 각 경작지에서 일정확률로 아우터 갓, 혹은 특이점으로서 눈을 뜨는 것은 이제 진지하게 다뤄질 문제조차 아닐세. 그 일정확률이라는 말의 편리함에 의지하고 있지."

"흠."

"문제는 그가 특이점으로 어떻게 눈을 떴냐는 것일세."

윈드렉스는 오딘이 사라지면서 남긴 연기가 담겨져 있는 병을 꺼내 사이악스의 탁자에 놓았다.

"특이할 것이 없는 연기였네만 의외로 성과는 있었네."

"무엇인가?"

"내가 만들어온 표본과 대조해 보게."

사이악스는 형제가 선물로 준 두 개의 물건을 집중하여 살펴봤다.

이윽고, 오딘의 흔적이 표본의 바로 아래쪽으로 이동했다.

"아버지가… 오딘인가?"

"그렇다네."

"역시, 시브가 직접 낳은 아이가 아니었군. 하지만 오딘일 것이라는 예상은 하지 못했네."

사이악스의 우측에 아주 긴 길이의 목록이 입체적으로 구현되었다.

"토르와 시브가 생식행위… 흠, 부부관계라고 하지. 아무튼 시브가 하이엘바인을 잉태할 무렵에 시행된 부부관계 목록일세."

"매우 민망한 목록이군. 신들도 저러한… 그러니까 '절차'가 필요한가? 동물도 아닌데?"

"후후, 올림포스 쪽의 목록을 보여주면 민망함을 넘어서 당황할 수도 있네. 그쪽은 오히려 그 '절차'만을 즐기기 위해 신들이 존재하는 게 아닐까 싶을 정도지. 그들에 비해 토르와 시브는 금욕주의자나 마찬가지일세."

목록을 살피던 윈드렉스가 사이악스 쪽으로 고개를 움직였다.

"프라이오스가 가끔 터뜨리는 거친 표현을 그대로 빌려
오자면……."

"그래, 막장이지."

"흠. 막장. 그렇군."

윈드렉스는 고개를 끄덕이며 다시 목록을 살폈다.

"전부 안 맞는군."

"가장 확률이 높다고 생각한 시기의 항목도 제법 큰 차이
가 있었다네."

사이악스의 좌측에 술병과 술잔 두 개가 나타났다.

사이악스가 윈드렉스의 표본을 다시 살피는 동안 술병이
귀신에 들린 듯 저절로 움직여 술잔을 보기 좋게 채웠다.

사이악스의 가면은 아랫부분을 열어 입을 드러냈고 윈드
렉스는 가면을 위로 올려 술을 마실 준비를 마쳤다.

둘은 자료들을 계속 살피며 술잔을 들었다.

"신들은 수정 후 착상이라는 과정을 거치지 않지. 또한
모친의 임신 기간이 기계적으로 일정하다네. 인간을 비롯
한 기타 생물들이 평균치에 의존해야 하는 것과는 다르다
네."

사이악스가 말했다.

"하이엘바인이 우리가 경작지에 규정한 그 임신 기간에
맞춰 태어났다면 모체 안에 있는 시간은 하루를 24시간으

로 따졌을 때 5,856시간 17분 11초. 그러나 토르와 시브의 관계 목록에는 그에 맞는 부분이 존재하지 않는군."

윈드렉스가 고개를 끄덕인 뒤 술을 한 모금 넘겼다.

"단지 시기와 절차, 그리고 방법의 문제만이 아닐세. 모든 가능성을 따져 봐도 무려 1분 이상의 시간차가 존재한다네."

사이악스가 목소리를 높여 강조했다.

"1분은 너무 긴 시간이지."

"이러한 표현을 써도 좋을지 모르겠지만 '백발백중'인 신들의 입장에서는 말도 안 되는 수치일세."

"흠."

윈드렉스가 다시 끄덕여 동의했다.

"하이엘바인은 특정 목적을 가지고 '제작'된 후 시브의 체내에 들어갔을 가능성이 있군."

"바로 그렇다네, 형제여."

사이악스는 윈드렉스를 향해 건배를 한 뒤 술잔을 비웠다.

"그리고 공통점을 가진 신이 있다네."

"공통점?"

"하이볼크일세."

"다음 세대의 창조주일 가능성이 크다고 자네가 말했던

그 여신 말이로군."

"그렇다네. 아카식 그래퍼로서의 재능이 있지."

"아카식 그래퍼라……."

아카식 레코드를 만들 수 있는 소질의 보유자, 아카식 그래퍼는 창조주로서의 자격을 갖고 태어난 신들 사이에서도 드문 존재들이었다.

"그녀와 하이엘바인 사이의 공통점이 무엇인가?"

"연산영역의 넓이일세. 자네가 가져온 표본을 보니 알겠군."

자신의 술잔에 술을 직접 따르던 윈드렉스의 손이 멈췄다.

"연산영역의 넓이가 왜 창조주급 신과 신족이 같단 말인가?"

"글쎄? 하이엘바인이 갖고 있는 그 연산영역 안에 누군가를, 아니면 무엇인가를 넣을 생각일지도 모르지. 오딘 스스로가 들어갈 수도 있고 위그드라실 전체를 정보화하여 넣을 수도 있네."

"자네가 어째서 그쪽으로 발상을 했는지 이유를 모르겠군."

윈드렉스가 술이 덜 채워진 술잔을 놓고는 두 손으로 탁자를 짚은 채 사이악스와 가면을 가까이 했다.

"위그드라실 전체를 정보화하여 연산영역 안에 넣는다고 해보세. 그 막대한 자료를 누가 어디에 쓴단 말인가? 위그드라실이 멸망할 때가 닥친다면 오딘의 운명도 끝날 것이고 오딘의 창조물인 하이엘바인 역시 존재를 유지할 수 없을 것이네. 쓸모없는 자료란 말일세."

"자네의 말 그대로일세. 우리의 상식으로는 그렇지."

사이악스는 의자 등받이에 등을 바짝 붙였다.

"하지만 우리가 여태까지 겪어보지 못한 일이 만약 일어난다면 이야기는 완전히 달라지지."

"우리가 겪어보지 못한 일?"

"살아있는 전대 창조주일세."

사이악스가 쓴 가면의 틈새로부터 차가운 푸른색의 빛이 흘러나왔다.

"하이엘바인과 하이볼크의 공통점은 연산영역의 넓이뿐만이 아닐세. 오딘이 지금 당장 없어진다 해도 둘은 살아남을 수 있지. 한 명은 새로운 창조주로서, 그리고 다른 한 명은 독립생존이 가능한 미지의 생물로서 말일세."

"……."

"지금은 어린 신족이기에 의식하지 못할 수도 있지만 만약 내 가설이 맞는다면 하이엘바인은 어설프게 은신한 어린 동포를 감지하거나 직접 눈으로 볼 수 있을 것이네. 우리조차 저 신족의 창조단계를 제대로 파악하지 못하고 있으니 지금 나온 모든 가설들이 들어맞는다 해도 이상하지 않다네."

"큰 문제로군."

윈드렉스가 술을 벌컥 마셨다.

"이건 함정일세, 사이악스여."

"함정?"

"그렇다네. 내 동포들과 경작지를 멸망으로 이끈 그 수수께끼의 존재가 자네의 경작지에, 저 위그드라실에 숨어든 것이 분명하네!"

"후후, 프라이오스가 끝까지 부정하고 있는 그 사냥꾼들의 우두머리 말인가?"

"그렇다네! 자네도 알지 않나? 내가 왜 이곳에 있는지를!"

윈드렉스의 외침에 사이악스는 아주 천천히 고개를 끄덕였다.

"그래, 그 숙적을 찾기 위해서였지. 자네는 나의 이 독특한 성격이 그 숙적의 다음 먹잇감이 될 거라 생각했을 것이네."

사이악스의 술잔이 다시 채워졌다.

"사실 나도 위그드라실을 처음 봤을 때 그 생각을 했다네. 프라이오스도 저 세계가 미끼라고 하더군."

"알면서 왜 저 위그드라실을 방치한 것인가?"

"미끼가 미끼여야 하는 전제조건은 말일세, 그 대상이 미끼라는 것을 알아차리지 못해야 한다는 것일세. 하지만 난 알아버렸지. 이제는 역으로 그 숙적을 빠뜨릴 함정이 될 것이네."

"사이악스여, 위험부담이 얼마나 큰 생각인지 알고 하는 말인가? 자네의 어린 동포들과 이 경작지가 사라질 수도 있네! 나처럼 모든 것을 잃게 된 채로 방황할 수 있단 말일세!"

윈드렉스의 목소리가 커진 그 순간, 사이악스는 쥐고 있던 술잔을 손으로 쥐어 터뜨렸다.

"프라이오스의 방식으로는 절대 그 존재를 잡을 수가 없네."

"……."

"자네는 직접 보지 못했으니 모르겠지. 하지만 난 봤다네. 악몽이 되어 이 우주를 완파시킨 이후 내 경작지 근처에서 떠돌아다니던 프라이오스의 모습을 말일세. 정말 추하고 숭고했지!"

사이악스는 자신의 모든 것을 내던지듯 외쳤다.

"사상 최악의 적을 상대한 끝에 자신이 지켜온 모든 것을 자기 손으로 날려버렸음에도 불구하고 우리들의 위대한 형제는 아무 일 없다는 듯이 일어났네! 나를 보더니 반갑다고 하더군! 형제에게 반가움만을 줄 수 있는 프라임에게 무슨 자격이 있단 말인가? 그때부터 나와 프라이오스는 어깨를 나란히 할 수 없었네! 나를 포함한 우리 모두가 모든 것을 짊어진 그의 뒷모습만을 바라봐야만 했지!"

"형제여……!"

윈드렉스는 그만하라는 듯이 자리에 주저앉았다.

"내가 그 숙적을 잡을 것이네. 거짓으로 내 모든 것을 도배해서라도 말일세."

그의 진심을 들은 윈드렉스는 이윽고 구슬프게 고개를 저었다.

"자네마저도 나를 외롭게 만드는군."

"……."

둘은 한참동안 침묵을 품은 채 시간을 보냈다.

윈드렉스가 준 표본들을 멍하니 바라보던 사이악스가 한참 뒤에 입을 열었다.

"이번 임무에 투입된 어린 동포들의 기억을 지우겠네."

"숙적의 의심을 피하기 위해서인가?"

"그렇다네. 우리는 숙적이 심은 씨앗이 잘 자라서 열매를 맺고, 그 열매의 살이 잔뜩 익을 때까지 기다려야 하네. 프라이오스의 추적마저 피한 존재일세. 결코 가볍게 봐선 안 되겠지."

"그렇군. 알겠네. 하지만… 길고 힘든 시간이 되겠군."

윈드렉스는 사이악스가 부순 술잔을 자신의 손 위에 복구하여 주인에게 건네주었다.

"이렇게 되살려 봤자 의미가 없는 것들도 많다는 것을 알아주게."

사이악스는 고개를 끄덕이며 술잔을 다시 받았다.

둘의 이야기가 끝난 직후, 흠집의 토레와 새 무늬 가면의 알필을 포함한 관련자 전원의 기억에서 하이엘바인이라는 존재 자체가 사라졌다.

*　　*　　*

전쟁은, 위그드라실의 모든 것을 걸고 개시되었던 라그나로크 전쟁은 오딘의 항복으로 끝났다.

로키는 발할라의 본성으로 가는 무쇠의 육교를 당당히 걸어갔다.

물론 선두는 아니었다. 로키의 앞에 선 자는 반란군의 총수이자 새로운 신계의 주신으로 결정된 하이볼크였다.

본래 여신이었던 그 회색 옷의 젊은 신은 남성의 모습을 하고 있었다.

육교의 왼편에는 하얀 날개의 종족이, 그리고 오른편에는 검은 날개의 종족이 대군을 이루어 날갯짓을 하고 있었다.

천상계의 후예인 하얀 날개의 종족과 올림포스의 노예였던 검은 날개의 종족은 분명 승리자였다.

하지만 그 누구도 기뻐하지 않았다.

그들의 발밑에 파여진 발할라 본성과 외성의 깊은 경계는 엄청난 수의 시체들이 채워져 썩어가고 있었다. 그들 모두가 하이엘바인이 만든 흔적이었다.

그들의 모습을 먼 곳에서 지켜보는 자들이 있었다.

얼마 전 쉬프터라는 조직의 이름과 새로운 호칭을 받은 경작자들이었다.

"절차 한번 오래 걸리는군."

새 무늬 가면의 알필, 아니 비숍 클래스가 쓴 소리를 내뱉었다.

"그만 하게. 우리는 어쩌면 대단한 일의 시작을 보고 있는 것일지도 모른다네."

가면에 회오리 무늬를 새긴 또 다른 비숍이 그를 말렸다.

본래 그들은 선후배 관계였지만 어느새 서로를 동기로 인식하게 되었고 그에 대해 의심을 하는 자들은 3번 경작지의 쉬프터들 가운데 아무도 없었다.

이윽고, 오딘의 항복 선언을 들은 로키가 갑자기 미친 듯이 소리 내어 웃었다.

하이엘바인은 분루를 흘렸고 이후 천사와 악마로 나뉘어 불리게 될 반란군들은 그의 그 모습을 혐오스럽게 바라봤다.

"겨우 끝났군."

회오리 무늬의 비숍이 새 무늬의 비숍에게 다가와 말했다.

새 무늬의 비숍이 그를 응시했다.

"수확량은 어떻지?"

"아스가르드와 올림포스, 천상계 모두 목표치를 달성했네. 다만 시간이 문제로군."

"시간?"

"아스가르드의 멸망 시간이 우리의 계획에서 약 두 시간 정도 차이가 난다네. 오딘이 항복한 것 때문에 그런 것 같아."

"살아있는 옛 주신이라……. 전례가 있었나?"

"이번이 처음이야. 계산 밖의 일이었어."

하지만 계산한 자는 있었다. 회오리 무늬의 비숍, 윈드렉스는 과거 사이악스에게 들었던 예상이 현실로 치닫는 광경을 직접 봤음에도 불구하고 믿을 수가 없었다.

"한 신계에 창조주가 다수인 것도 전례가 없었지."

또 다른 비숍이 새 무늬 비숍에게 말했다.

"흠……."

새 무늬 비숍이 가면의 턱을 만졌다.

"거슬려. 진심으로."

비숍의 가면 무늬가 의심으로 빛을 냈다.

끝난 것은 그저 라그나로크에 불과했다.

*　　*　　*

"이것을 보게, 윈드렉스여. 하이볼크가 나를 속이고 만든 세계의 인간들이, 신을 믿지 않고 마법도 사용하지 못하는 자들이 결국 같은 인간을 대기권 밖으로 보냈다네. 영광을 차지한 자의 이름은 '유리 알렉세예비치 가가린'이야."

"기쁜가, 사이악스여?"

"하하, 하하하하. 이건 대단한 사건일세. 이것을 계기로 우리의 숙적이 나타나줬으면 좋겠군. 하하하하."

아직 회오리 무늬 가면을 쓴 윈드렉스는 개인실의 작은 화면에만 시선을 둔 채 아무것도 하지 않는 사이악스를 쓸쓸히 지켜봤다.

*   *   *

"이제 됐어."

대형 회의실 안에 있던 사이악스가 어느 날 갑자기 자리에서 일어났다. 회의실 안에서 경작지의 문제로 모여 있던 모든 쉬프터들은 사이악스의 광적인 행동에 경악했다.

"참을 만큼 참았지. 하지만 용서가 안 되는군. 하이볼크는 오딘의 뜻을 거슬러 하이엘바인을 숨겼고 일에는 진전이 없지. 난 얼마나 긴 시간을 소비한 것인가? 숙적이라는 것이 이곳에 있긴 한 건가? 난 주인께서 사랑하시는 우연에 속아버린 것인가?"

"프라임이시여?"

곁에 있던 엠프레스가 당황하여 그에게 손을 내밀었지만 사이악스는 팔을 휘둘러 그녀의 손을 뿌리쳤다.

"킹이여! 하이볼크의 세계에 숨어있는 킹 클래스여! 내 말이 들리는가? 들린다면 나의 명을 시행하라! 하이볼크의 신계를 최대한 천천히 짓밟는 것이다! 배신으로 그들의 의지를 꺾고 내가 자네에게 부여한 권한으로 그 망할 신계 전체를 증발시키란 말이다! 지금 당장! 하하하하! 하하하하하하!"

사이악스의 광기를 지켜보던 회오리 가면의 비숍, 윈드렉스는 조용히 그 자리에서 일어나 회의실을 나섰다.

"어딜 가나, 윈드렉스여? 나의 소중한 형제여? 나도 데려가 주게, 제발!"

사이악스는 자리를 떠나는 윈드렉스를 향해 손을 내밀었으나 회의실의 입구는 차디차게 가로막혔다.

*   *   *

어느 순간 고개를 번쩍 든 사이악스는 자신의 주변을 살폈다.

장소는 대형 회의실이었고 3번 경작지의 쉬프터들은 임무를 위해 자리를 비운 자들을 제외한 전원이 자리에 앉아 사이악스를 바라보고 있었다.

그는 회오리 무늬의 비숍으로 위장한 윈드렉스를 찾아봤으나 그는 어디에도 보이지 않았다.

"프라임이시여?"

옆에 있던 엠프레스가 그를 불렀다.

"어린 동포가 하이볼크 신계에 대해 여쭈었던 참입니다."

"하이볼크의 신계?"

"그렇습니다만… 잠시 중단하고 나중에 진행하는 편이 어떻겠습니까, 프라임이시여?"

"음, 아닐세."

사이악스가 황망함에 엉망이 된 몸짓으로 자신을 추슬렀다. 사이악스의 그러한 모습을 처음 보는 일반 쉬프터들은 숨을 죽였다.

"질문이 들리지 않았네. 내가 다른 생각을 했나 보군. 다시 들어볼 수 있겠나, 어린 동포여?"

"예, 프라임이시여."

비숍 클래스 한 명이 목을 만져 자신을 가다듬었다.

"발할라에서 움직이지 않고 있던 오딘이 하이볼크의 사주를 받아 행동에 나섰습니다. 현재 오딘은 그 사실을 알아차린 브리간트와 대치중입니다."

"브리간트와?"

"그렇습니다. 브리간트는 오딘의 목숨과 하이엘바인, 둘 중에 하나를 내놓으라며 무력시위를 벌이고 있습니다."

"하이엘바인이라……."

그때, 그는 직감했다.

'처음 듣는 이야기이군. 꿈이 아니라면 나의 시간이, 혹은 3번 경작지 전체의 시간이 뒤로 밀려난 것이 분명해. 이러한 일을 가능케 하실 분은 주인님뿐이야. 시간이 어디까지 되돌아갔는지 파악할 수는 없지만… 나는 왜 안도하고 있는 것인가? 그보다 윈드렉스는 어디 있지? 나의 형제는 어디로 갔단 말인가?

그는 시험 삼아 말했다.

"그 문제는 회오리 무늬의 가면을 쓴 비숍에게 정찰을 맡기고 싶군."

그러자 엠프레스가 움찔하여 그를 쳐다봤고 다른 쉬프터들도 웅성거렸다.

"프라임이시여, 그는 현재 실종상태입니다."

"실종?"

"회의 소집에 응하지 않았기에 제가 직접 찾아봤지만 그의 소지품까지 사라진 상태입니다. 다른 동포들을 동원하여 수색을 하고 있습니다만 단서가 보이지 않습니다."

"음, 그렇군."

사이악스가 손을 들었다.

"나에게 문제가 있는 것 같군, 어린 동포들이여. 24시간 정도 회의를 미루도록 하지. 미안하지만 모두 퇴장해 주게."

엠프레스를 포함한 모든 이들이 회의실을 떠난 뒤, 사이악스는 연산압박을 사용하여 모든 것을 멈추고는 자신의 자리에서 벗어나 바닥에 무릎을 꿇었다.

"경애하는 주인님이시여, 당신께서 다시 주신 기회를 다시금 소중히 사용하겠나이다. 하지만 주인님이시여, 어째서 윈드렉스를 데려가셨습니까? 그는 고독하고 가여운 존재입니다."

기도를 하듯 읊는 그의 앞에 주황색의 빛이 반짝이며 내려왔다.

주인이었다.

"사이악스여. 당신에게 버림받은 윈드렉스의 선택이 당신의 숭고하면서도 정신 나간 뜻을 도와줄 거예요."

"제가 그를 버리다니, 무슨 말씀이십니까?"

"됐으니 당신 일에나 신경 쓰세요. 가장 강력한 프라임이자, 그 강력함으로 인해 나약한 자들을 돌볼 줄 모르는 자여. 당신은 희생과 진솔함을 깨달을 때까지 수호자의 자격을 얻지 못할 것입니다."

"……."

"정말 실망했습니다, 사이악스여. 당신을 믿고 존경하기까지 하는 프라이오스가 너무나 불쌍하군요."

주인의 모습이 사라지고 사이악스의 연산압박이 강제로 해제되었다.

"대체 어떠한 선택을 했단 말인가, 형제여? 어찌해야 자네의 선택을 깨달을 수 있단 말인가?"

사이악스가 중얼거림은 신음 소리에 가까웠다.

*　　　*　　　*

그는, 윈드렉스 프라임은 자신이 왜 지금 이런 일을 하고 있는지 궁금했다.

사이악스의 곁을 떠난 직후, 윈드렉스는 3번 경작지 전체의 시간이 어떤 강대한 힘에 의해 되감기는 것을 목격했다.

오딘은 자신이 시간을 돌렸다고 자만했으나 윈드렉스의 눈에 들어온 3번 경작지 최상부에는 주황색의 거대한 빛이 반짝거리고 있었다.

그는 사이악스가 다시 기회를 얻을 것이라 생각했지만 되돌아갈 생각은 없었다.

영겁의 세월을 하이볼크의 신계 사이에서 의미 없이 떠돌던 그의 눈에 방금 전 멸망한 것으로 보이는 세계가 보였다.

'급조된 세계? 복제된 것인가?'

오랜만에 스스로의 힘으로 움직여 그곳으로 다가간 윈드렉스는 어설픈 원한이 느껴지는 흔적을 발견했다.

'어린 아이의 영혼인가? 그런데 어째서 쉬지 못하고 원한을 품고 있단 말인가?

그 영혼의 일그러진 형태로부터 광기에 빠진 자신의 형제, 사이악스의 모습을 본 윈드렉스는 그를 말리지 않고 버려둔 자신을 타이르며 그 영혼에게 손을 내밀었다.

'나는 왜 여기서 사소한 짓을 하고 있는 것인가?'

하고 있는 일 자체는 어렵지 않았다. 중요한 것은 이유였다.

고민 속에 윈드렉스의 작업은 마무리되었다.

"이제 나와 이야기를 할 수 있을 것이다. 작은 존재여."

그는 자신이 오랜 시간 공들여서 조립한 존재에게 말을 걸었다.

하지만 그 존재는 말을 하지 않았다. 상대가 누구인지 몰라서, 혹은 두려워서 그런 것은 아니었다.

자신의 곁에 아무도, 어느 것도 없다는 것을 인지했기 때문이다.

"다 잃어버렸군요. 꿈이 아니었어요."

그 존재가 겨우 입을 열고 목소리를 냈다.

"나 역시 혼자란다. 아니, 지금은 너와 함께 있구나. 신기하군. 내가 그동안 고독했다는 사실을 이제야 깨닫게 되는구나."

그가 쓸쓸한 웃음소리를 섞어 말했다.

"아, 그래. 느껴지는구나. 내가 왜 이곳에 왔는지, 어째서 너를 다시 조립했는지 알 것 같구나."

그가 힘차게 고개를 끄덕거렸다.

"소원을 말해라, 작은 존재여. 너의 소원은 나에게 큰 영광이 될 것이야."

그의 말에 응하듯, 그 존재가 자신의 소원을 조그맣게 말했다.

"신들을 전부 죽이고 싶어요."

소원을 들은 그는 한숨을 쉬었다.

"원한이 느껴지는 소원이구나."

그리고 어린아이가 감당할 수 있는 무게의 소원이 아니었다.

그 소녀에게는 도움을 줄 어른이 필요했다.

그러나 윈드렉스 자신이 나설 수는 없었고, 행여 나선다 하더라도 그 소녀가 믿고 함께 해줄지는 미지수였다.

그때, 주황색의 빛이 섞인 속삭임이 윈드렉스의 귓가에 들려왔다.

그 목소리는 보라색 검의 궤적으로 희망을 그리는 한 남자의 모습을 윈드렉스에게 보여주었다.

'하이볼크가 다시 되찾으려 한 세계에 그의 원형이 있단 말씀이십니까? 알겠습니다, 주인이시여. 이 윈드렉스, 당신

의 뜻을 받아들여 잠시 안식에 들겠습니다.'

그 소녀와 마지막까지 함께 했던 그 붉은 장발의 남자에
대해 자세히 알아본 윈드렉스는 결심을 굳혔다.

"그렇다면 그에 합당한 '공물'이 필요하겠군. 하지만 조
달하는 것은 아주 간단한 일이니 걱정하지 마라."

"정말 가능한가요?"

"물론이지. 하지만 넌 네 소원보다 훨씬 더 대단한 일을
하게 될 거다."

"어째서요?"

"나도 잘 모르겠구나, 작은 존재여. 하지만 네가 나를 다
시 만나게 되는 날이 오면 너도, 그리고 나도 그것이 무엇
인지 알게 되겠지."

윈드렉스는 잠깐 동안 침묵했다.

"예상이지만 그때는 정말로 위험한 상황일 것이야."

"그럼 저는 또다시 모든 것을 잃게 되는 건가요?"

"아니, 그렇지 않단다."

그가 손을 내밀어 작은 존재의 손을 부드럽게 감싸 잡았
다.

그는 자신의 손에 전해지는 다른 이의 체온이 낯설었다.
그리고 그것이 그렇게 반가울 수가 없었다.

"작은 존재여, 나는 그리 약하지 않단다. 충분히 도움이

될 것이야."

그의 목소리에는 기대감이 가득했다.

"네 이름을 들려주려무나."

"루이체에요. 루이체 스나이퍼."

"그래, 루이체. 좋은 이름이구나."

윈드렉스의 모습이 희미해졌다. 대신 그의 옆자리에 붉은 장발을 휘날리는 회색 망토의 남자가 점차 뚜렷해졌다.

"어린 루이체여. 나, 윈드렉스 프라임의 권한을 이어 받으려무나. 너희 남매의 힘이라면 지쳐 무능해진 나 대신 이야기를 마무리 지을 수 있을 것이야. 나와 나의 힘을 차츰 이해해 주려무나."

"윈드렉스님?"

"아아, 나의 어린 동포들이 보이는구나. 모두… 건강한 모습이야."

윈드렉스가 사라지면서 그 소녀, 루이체의 모습이 회색 망토의 남자 속으로 빨려 들어갔다.

그 남자의 옷차림이 검은색 가죽옷으로 변했다. 인상은 조금 더 사나워졌지만 눈을 뜨지는 못했다.

루이체의 의식이 다시 희미해질 무렵, 주황색의 빛이 어디선가 내려와 그들을 감쌌다.

"남매여, 파란 장발을 가진 당신들의 형제가 저에게 빌었던 소원을 당신들이 이루어주세요."

"……."

"마침표를 찍는 겁니다."

주인의 빛과 더불어 그들의 모습이 시공의 저편으로 사라졌다.

『가즈 나이트 R』 23권에 계속…

초대형 24시 만화방

신간 100%, 샤워실, 흡연실, 수면실(침대석), 커플석, 세탁기 완비

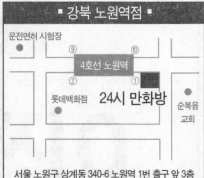
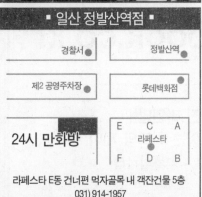

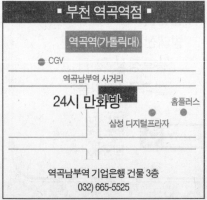
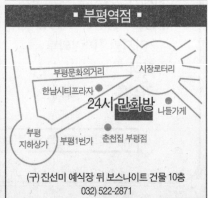

네르가시아 장편소설

FUSION FANTASTIC STORY

글로벌 기업의 후계자 감태하.
탄탄대로를 걷던 그에게 거대한 음모가 덮쳐 온다!

『도시 무왕 연대기』

가장 믿고 있었던 친척의 배신
그가 탄 비행기는 추락하고 만다.

혹한의 땅에서 기적같이 살아나
기연을 만나게 되는데……

모든 것을 잃은 남자,
감태하의 화끈한 복수극이 시작된다!

Book Publishing CHUNGEORAM

야차전기
FANTASTIC ORIENTAL HEROES
임영기 新무협 판타지 소설
『무정도』, 『등룡기』의 작가 임영기.
2015년 봄, 야차가 강림한다!
"오 년 후에 백학무숙을 마치게 되면
누나를 찾아오너라."
가문의 멸망.
복수만을 꿈꾸며 하나뿐인 혈육과 헤어졌다.
하지만 금의환향의 길에 벌어진 엇갈림…
모든 것이 무너진 사내 화용군!
재처럼 타버린 위에
삼면육비(三面六臂)의 야차가 되어 살아났다!
악이여, 목을 씻고 기다려라!
유행이 아닌 자유추구 -
WWW.chungeoram.com

허담 新무협 판타지 소설
FANTASTIC ORIENTAL HEROES

신력을 타고났으나 그것은 축복이 아닌 저주였다.

『십자성 - 전왕의 검』

남과 다르기에 계속된 도망자의 삶.
거듭된 도망의 끝은 북방 이민족의 땅이었다.
야만자의 땅에서 적풍은 마침내 검을 드는데……!

"다시는 숨어 살지 않겠다!"

쫓기지 않고 군림하리라!
절대마지 십자성을 거느린
적풍의 압도적인 무림행이 시작된다!

Book Publishing CHUNGEORAM

유행이 아닌 자유추구 -
WWW.chungeoram.com

이계진입 리로디드

임경배 퓨전 판타지 소설

FUSION FANTASTIC STORY

『권왕전생』 임경배의 2015년 신작!

『이계진입 리로디드』

**왕의 심장이 불타 사라질 때,
현세의 운명을 초월한 존재가 이 땅에 강림하리라!**

폭군으로부터 이세계를 구원한 지구인 소년 성시한.
부와 명예, 아름다운 연인…
해피엔딩으로 이야기는 끝인 줄 알았건만
그 대가는 지구로의 무참한 추방이었다.
그리고 10년 후…….

"내가 돌아왔다! 이 개자식들아!"

한 번 세상을 구한 영웅의 이계 '재'진입 이야기!

Book Publishing CHUNGEORAM

유행이 아닌 자유추구 -
WWW.chungeoram.com

paráclito

빠라끌리또

FUSION FANTASTIC STORY

가프 장편소설

막장 비리 검사가
최고의 검사로 거듭나기까지!
그에겐 비밀스러운 친구가 있었다.

『빠라끌리또』

운명의 동반자가 된 '빠라끌리또'가 던진 한마디.

-밍글라바(안녕하세요)!

그 한마디는 막장 비리 검사, 송승우의
모든 것을 통째로 리뉴얼시켜 버렸다.

빠라끌리또=Helper, 협력자, 성령.

Book Publishing CHUNGEORAM

유행이 아닌 자유추구 -
WWW. chungeoram.com